Kurswechsel:
Anker der Freundschaft

Teil 1

Theda Gold

Kurswechsel:
Anker der Freundschaft

Leben, Liebe, Lust und eine Leiche.

Bibliografische Information der Deutschen Nationalbibliothek:
Die Deutsche Nationalbibliothek verzeichnet diese Publikation in der Deutschen Nationalbibliografie; detaillierte bibliografische Daten sind im Internet über http://dnb.dnb.de abrufbar.

TWENTYSIX – Der Self-Publishing-Verlag
Eine Kooperation zwischen der Verlagsgruppe Random House und BoD – Books on Demand

© 2018 Theda Gold.

Herstellung und Verlag:
BoD – Books on Demand, Norderstedt

ISBN: 978-3-740-74905-7

Lektorat: Sonja Jüde, Editing Expertise
Umschlaggestaltung: Editing Expertise
Umschlagabbildungen: Fotolia

Merit saß am Fenster. Das tat sie oft. Sie glaubte fest daran, dass das helle Licht des Himmels auf ihrer Netzhaut Depressionen vertrieb. Sie schaute in die Wolken und ersann sich ein neues Leben. Zurzeit steckte sie fest. Sie lebte mit dem falschen Mann zusammen. Dafür gab es keinen besonderen Grund. Es war einfach der Falsche, der bei ihr geblieben war. Sie hatte viele Männer gehabt, ausgelassen gefeiert und geliebt. Etwas zu wahllos, wie sie im Nachhinein dachte. Was leicht und fröhlich anfing, war schnell zu einer Manie geworden. Dabei hatte sie sich immer eine feste Beziehung gewünscht, die klassische große Liebe. Und bei jedem ersten Kuss hatte sie ehrlich gehofft, den Richtigen getroffen zu haben.

In ihrem Job kam Merit auch nicht weiter. Sie arbeitete in einer Kreativagentur, ohne jemals eine eigene Idee in Wort oder Pinselstrich gefasst zu haben. Sie übernahm die Bürotätigkeiten, war das Mädchen für alles. Die Menschen hatten Merit gerne um sich. Als einzigartige, schöne junge Frau und Freigeist klebten Suchende förmlich an ihr. Suchten zunächst ihre Gegenwart und hofften dann auf ihre Gesellschaft. Das freute besonders ihren Chef. Karl. Oder Charly, wie er sich nannte. Für einen Kleinstädter war er wirklich ziemlich cool. Offen, warmherzig und kreativ. Er hatte seine Grafikdesign-Butze als Ein-Mann-Agentur betrieben bis Merit vor der Tür stand und behauptete, heute begänne ihr Praktikum. Sie wusste von Bekannten, dass Charly Praktika am Telefon zusagte und dann häufig vergaß. So wimmelte es in Charlys Company phasenweise von Praktikanten, zumeist in den Semesterferien. Sie kamen und gingen, wann sie wollten, unterhielten sich gut und freuten sich über ein positives Abschlusszeugnis. Merit war die Einzige, die bleiben durfte. Charly hatte ihre Vorzüge schnell erkannt. Zunächst hatte sie das sehr erleichtert, denn ihren alten Job hatte Merit in einer Kurzschlusshandlung gekündigt. Doch mit der Zeit wurde ihr klar, dass das Geld, das sie bei Charly verdiente, auf Dauer nicht ausreichen würde.

So ließ sie sich auf Martin ein, den sie eigentlich schon als One-Night-Stand abgetan hatte. Durch die geteilte Miete kam sie halbwegs über die Runden, doch Merit hasste diese Abhängigkeit. Martin blickte zu ihr auf. Er war verliebt. Das störte sie. Zuweilen benahm er sich richtiggehend hündisch und sie verlor jegliche Achtung vor ihm. Doch er klammerte sich dadurch nur noch fester an Merit. Sie träumte von einem kompletten Neuanfang. Neuer Ort. Neuer Job. Neues Leben.

Die Wolken zogen an ihrem Zimmerfenster vorbei und trugen auch ihre Träume fort. Heute Nacht würde es stürmisch werden. Reinigender Regen, dachte sie sich. Merit fröstelte und schloss das Fenster. Martin würde bald nach Hause kommen. Schnell suchte sie frische Klamotten zusammen, schnappte sich den aktuellen Montalbano-Krimi und huschte ins Badezimmer. Ein ausgiebiges Bad würde ihr gut tun. Sie schloss die Badezimmertür ab und legte sich in das wohltemperierte Schaumwasser. Es duftete nach Orangen und Vanille. Gerade war sie in der Ruhe versunken, da hörte sie schon das Rumpeln im Treppenhaus. Der Fahrstuhl hielt auf ihrer Etage. Martin. Das Schloss der Wohnungstür klackte und sie vernahm seine verhasste Stimme. „Liebling, wo steckst Du? Ich bin jetzt zuhause!" Sie rutschte ein wenig vor und ließ ihren Kopf hinterrücks ins Wasser gleiten. Jetzt hörte sie nur noch das Knistern des Badeschaums. Merit genoss die Wärme, die sie umgab. Der Alltag schien in weite Ferne gerückt. Doch schon bollerte es an der Badezimmertür. „Liebling bist Du da? Warum schließt Du ab?" Martin ruckelte an der Tür. „Ich bade. Lass mich in Ruhe", rief Merit. Martin ließ von der Tür ab und ging ins Wohnzimmer. Sie wusste, dass er nun schmollte.

Aber das war ihr egal. Sie wollte ihn loswerden. Weg aus ihrer Wohnung, weg aus ihrem Leben. Doch dafür brauchte sie Geld. Dringend. Ein neuer Job? Charly war ein netter Chef und sie würde ihn nur ungern im Stich lassen. Ein neuer Mann? Einer, der erträglich war und der vielleicht sogar die ganze Miete zahlte? Bei diesen Gedanken kam sie sich vor wie ein Flittchen. Genau genommen war sie das auch. In diesem Moment. In dieser Lebensphase. Das, dachte sie, muss sich schleunigst ändern.

Merit traf eine Entscheidung. Sie trocknete ihr Haar und betrachtete sich dabei im Spiegel. Ebenmäßige Züge verliehen ihrem Gesicht etwas Zeitloses. Das lange hellblonde Haar war leicht gelockt. Es machte die Männer wahnsinnig, wenn sie es offen trug. Ihre grünen Augen hatten etwas Unstetes. Es war nie ganz klar, ob es in ihrem Blick lag oder ob die vereinzelten braunen Sprenkel ihres linken Auges diesen Eindruck erweckten. Doch eines war sicher – diese Besonderheit machte sie interessant. Der Blick anderer Menschen blieb oft unfreiwillig daran hängen. Sobald sie bemerkten, dass Merit dann ebenso direkt und unverwandt zurück schaute, wandten sie sich verlegen ab. Einige nutzten diese Gelegenheit allerdings auch zur Kontaktaufnahme. Sie spielte dieses Spielchen gern. Für Merit gehörte es zu den kleinen Flirts, die den Umgang mit ihren Mitmenschen prägten. Generell liebte sie es, mit Aufmerksamkeit und Bewunderung überhäuft zu werden. Sie hielt sich daran fest. Ihre Schönheit war ihre Sicherheit. So auch jetzt. Sie ließ ihr Haar ein letztes Mal durch die Föhnluft aufwirbeln, atmete tief durch und ging festen Schrittes ins Wohnzimmer. „Du musst gehen", sagte sie. „Jetzt."

Martin kauerte auf dem Sofa. Sein blasses Gesicht wirkte fast durchsichtig. Mit schwacher Stimme jammerte er sein Unverständnis vor sich hin. Es ist wirklich an der Zeit, dass er geht, dachte sie. Auch um seiner selbst willen. Das sah sie jetzt immer klarer vor sich. Er war ein Gefangener ihres Wesens geworden und musste sich befreien. Nun ja, befreien wollen. Denn soweit war er offensichtlich noch nicht. Hätte Martin nicht einen blauen Pullover getragen, wäre er zwischen den sandfarbenen Kissen auf Merits weißem Sofa kaum noch auszumachen gewesen. Sie fing an, seine Sachen zu packen. Wirklich viel war es nicht. Er war vor acht Monaten eingezogen und hatte seither mehr oder weniger von ihrer Luft und seiner Liebe gelebt. Ein paar Klamotten, die wichtigsten Unterlagen und Schuhe. Mehr war es nicht. Sie holte noch einige seiner letzten Einkäufe aus der Küche und packte alles zusammen in einen sperrigen schwarzen Koffer. „Den schenke ich dir", sagte sie. „Brauchst ihn nicht zurück zu bringen." Er selbst hätte vermutlich auch noch in den Koffer gepasst. So klein, dünn und unscheinbar wie er jetzt da saß. Im bunten Glitzerlicht einer Diskokugel war ihr nicht aufgefallen, dass er so zierlich und zerbrechlich war. Oder hatte sie ihn erst dazu gemacht? Needy, würde Charly sagen. Es war eines seiner Lieblingsworte. Für ihn waren die meisten Menschen needy, und er konnte es nicht fassen, wie leicht sie aufgrund ihrer Bedürftigkeit zu manipulieren waren. Martin war ein Paradebeispiel. Er hatte sich in Merits Gegenwart förmlich aufgelöst.

Merits Blick blieb an Martins Wandkalender hängen. Wie oft hatte sie sich über dieses Ding geärgert. Sie ging hin und nahm den Kalender ab. Dabei fiel ihr Blick auf das heutige Datum. 26. August. Mist, dachte sie. Schon nächste Woche war die nächste Miete fällig. Sie hielt inne. Überlegte. Wenn sie die Miete für September allein zahlen musste, hätte sie kein Geld für Lebensmittel übrig. Aber nein. Es half alles nichts. Das Kapitel Martin war abgeschlossen. Ihre Erleichterung darüber war zu groß, als dass sie jetzt noch einen Rückzieher machen konnte.

Nach einer stürmischen Nacht wachte Merit angenehm ausgeruht auf. Sie öffnete das Fenster. Der Wind hatte den Staub und Muff über der Stadt vertrieben. Merit sog die kühle Morgenluft tief in ihren Bauch und ging in die Küche. Kaffee. Ihre tägliche Freude. Sie bereitete ihn schlicht mit einer French-Press zu – sehr zum Amüsement von Charly und einigen ihrer früheren männlichen Übernachtungsgäste. Doch sie liebte diese unmittelbare Zubereitung. Und den intensiven Geschmack. Mit dem heißen Kaffee auf der Zunge schmiedete sie die ersten Pläne des Tages. Heute würde sie sich nach einem Zweitjob umschauen. Sie beschloss, zunächst am Schwarzen Brett der Universität nachzusehen, dem Umschlagplatz für Nebentätigkeiten schlechthin. Charly wusste zwar auch immer, wo in der Stadt jemand gebraucht wurde, doch sie wollte ihn nicht unnötig früh in ihre Pläne einbeziehen. Er wusste um ihre Anziehungskraft und was die Exklusivität ihrer Erscheinung für seine Agentur bedeutete. Letztlich würde er ihr trotzdem helfen, doch diesen Zwiespalt wollte sie ihm nicht zumuten. Außerdem hatte sie keine Lust auf Diskussionen und Erklärungen. Nicht jetzt. Sie wollte erst einmal schnell und einfach ihr Finanzproblem lösen.

New York. Sie starrte auf den Aushang der DC True Shipping Line. Ihre Haut kribbelte. Der Kreuzfahrtanbieter suchte mit bunten Großbuchstaben nach einem Office Girl. Elf Tage auf See, zwei in der Luft. Von Hamburg nach New York und wieder zurück. Merit hielt den Atem an. Sie spürte diesen leichten Schwindel, der immer dann kam, wenn ihr Unterbewusstsein merklich und unbeirrbar eine Entscheidung traf, schneller als sie es rational je könnte. Office Girl. Das war die Lösung. Die DC True sah für die allgemein oder geschäftlich administrativen Belange ihrer gut betuchten Reisegäste offenbar eine Mischung aus Messe-Hostess und Bürokraft vor. Merit lachte. Für beides eignete sie sich gut. Und knapp zwei Wochen als Office Girl würden ihr fast ein halbes Jahr finanzielle Ruhe verschaffen. Sie musste nur Charly dazu bewegen, ihr spontan zwei Wochen zusätzlichen Urlaub zu gewähren. Sie war sich sicher. Merit wollte ein Office Girl werden. Leichtigkeit überkam sie, innere Stärke und mit ihr die Lebensfreude.

„Geht's noch?" Missmut überzog Charlys Gesicht. „Du weißt schon, was die von dir wollen?" In seinen sonst so warmen braunen Augen glomm empörte Rechtschaffenheit.

„Ach Charly, sei nicht so", sagte Merit. „Du gibst dich doch auch sonst nicht spießig."

„Merit, die wollen dich in eine sexy Uniform stecken und auf ihre geilen Gäste loslassen. Irgendwelche reichen Säcke auf Kreuzfahrt. Die sind mal auf die allersimpelste Art needy, da kannst du dir sicher sein. Das willst du doch nicht ernsthaft mitmachen, oder? Ich unterstütze das jedenfalls nicht. Punkt."

Merit staunte. So bieder und besorgt kannte sie Charly gar nicht. Sie sah ihn an. Ganz in Ruhe, Detail für Detail. Das hatte sie schon lange nicht mehr getan. Dabei war Charly eine durchaus angenehme Erscheinung. Die längliche weiße Narbe über dem rechten Auge, die von einer nächtlichen Tour ohne Erinnerung zeugte, tat seiner Attraktivität keinen Abbruch. Im Gegenteil. Ihr fiel auf, wie adrett er wirkte. Das weiche braune Haar trug er zurzeit etwas länger, im italienischen Stil. Ein hellblauer Kaschmirpulli über einem weißen Kragen-Hemd, eine graue Anzughose und Sneaker kleideten sowohl seinen sportlichen Körper als auch seinen kreativen Geist auf vortreffliche Weise. Das war doch früher nicht so, dachte Merit. Doch rasch kehrten ihre Gedanken in die Gegenwart zurück. Sie sagte: „Was ich in meinem Urlaub mache, geht dich gar nichts an."

„Du hast aber nur noch drei Tage Urlaub für dieses Jahr. Mehr gibt es nicht."

Merit stockte. „Das kannst du nicht machen", sagte sie. Doch Charly stand auf, nahm seinen dunkelblauen Baumwoll-Anorak und verließ die Agentur. Merits Handy klingelte. Ihre Mutter. Die konnte sie jetzt gar nicht gebrauchen. Merit ließ es klingeln, bis die Mailbox ansprang und setzte sich an ihren Arbeitsplatz. Sie nahm den Hörer des Agenturanschlusses in die Hand und wählte die Nummer, die sie auf einem abgerissenen Papierschnipsel in der Hand hielt. „DC True Shipping Line, Mina Meier am Apparat. Was kann ich für Sie tun?

„Guten Tag, Merit Hanson, ich interessiere mich für die Stelle als Office Girl. Ist die noch frei?"

„Moment. Ich verbinde."

„Annabelle, Office-Unit. Hallo?" Merit freute sich über die sympathische Stimme am Telefon. „Hallo", sagte sie. „Ich bin Merit. Und hoffentlich bald euer neues Office Girl."

Zwei Tage später stand sie mit einem unterschriebenen Vertrag in den Händen in Charlys Company. Mit Charly selbst hatte sie seit seinem rüden Abgang kaum ein Wort gesprochen. Sie wusste, dass er es zwar gut gemeint, aber zugleich ein schlechtes Gewissen hatte. Offensichtlich wollte er die Situation aussitzen und hoffte dabei auf die Zeit. Doch sie musste jetzt beichten.

„Du, Charly?" Er entgegnete ihr nur mit einem unwilligen Räuspern. „Ich muss mit dir sprechen." Sie stand vor seinem Schreibtisch. Er hob erst eine Augenbraue, dann den Blick zu ihr auf. Merit spürte, dass ihre Stimme nun zittern würde. „Ich fahre am ersten September." Charly verzichtete auf eine Reaktion. Das kannte sie nur zu gut. Er übte das sogar regelmäßig und bezeichnete es auch so – auf eine Reaktion verzichten. Er nutzte diesen Schachzug normalerweise bei Verhandlungen mit Kunden oder bei Präsentationen seiner Leistungen. Immer dann, wenn jemand unbegründet oder einfach nur aus Prinzip querschoss. Jetzt fuhr Merit dieses einhundertprozentige Desinteresse das erste Mal selbst in die Glieder. Sie schämte sich. Einerseits. Andererseits wusste sie, dass sie eigentlich nichts Unrechtes getan hatte. Doch sie hatte Charly auch nicht verletzen wollen. Immerhin war sie diejenige gewesen, die seine Bedenken und seine beschützerhafte Entscheidung ignoriert hatte. Das wurde ihr erst jetzt so richtig bewusst. „Charly, ich –", entmutigt brach sie ab. Eine Träne rann über ihre Wange. Nichts. Charly verzichtete weiterhin auf eine Reaktion.

Traurig schlenderte Merit nach Hause. Sie und Charly hatten sich noch eine kurze Weile lang angeschwiegen, dann war sie ohne ein Wort des Abschieds gegangen. Sie wusste nicht, wie es nun um ihren Job in Charlys Company stand. Genau genommen war ihre Offenbarung einer mündlichen Kündigung gleichgekommen, obwohl sie das natürlich niemals so gemeint oder gewollt hatte. Der Job bei Charly war ihr Anker. Er hatte sie gerettet. Das hatte sie nicht vergessen.

Ihr Handy gab das Geräusch eines Gongs von sich. Die Erinnerung an nicht abgehörte Nachrichten auf ihrer Mailbox. Merit atmete tief ein und bereitete sich innerlich auf den nervtötenden Singsang in der Stimme ihrer Mutter vor. „Hallo mein Kind", erklang es in unnatürlich hoher Stimmlage. Ihre Mutter beanspruchte Dominanz gegenüber jedem Lebewesen, das sich ihr näherte, doch zugleich war sie ein zutiefst verunsicherter Mensch. So hatte Merit sie jedenfalls für sich analysiert und so kam es ihrer Ansicht nach zu dieser unangenehmen Unnatürlichkeit. „Ich wollte nur mal hören, wie es dir geht mein Kind. Ruf doch zurück." Das am Schluss sollte wohl ein Kussgeräusch sein. Merit schüttelte sich. Als könne sie sich auf diese Weise von Ekel befreien. Auf keinen Fall hatte sie vor, ihre Mutter zurückzurufen.

In der Buchheisterstraße 16 stieg Merit aus dem Taxi. Ihre Anreise war entspannt verlaufen. Die fünf Stunden Zugfahrt nach Hamburg hatten ihr nichts ausgemacht. Im Gegenteil. Sie liebte es, Menschen zu studieren. Doch am Hauptbahnhof war sie lieber in ein Taxi gestiegen. Nicht, dass dies die standesgemäße Anreise gewesen wäre, aber sie wollte ihren zukünftigen Kollegen und den Passagieren des Kreuzfahrtschiffs nicht schon im Shuttle von der S-Bahn zum Cruise Center begegnen. Sie wollte jedem auf dem Schiff offen und vorurteilsfrei entgegentreten. Das war eine ihrer Stärken, eines der Geheimnisse ihrer Beliebtheit. Das klappte aber nur, wenn sie noch keine Gelegenheit zu einer ihrer Persönlichkeitsstudien gehabt hatte, die sie an öffentlichen Orten nur zu gern betrieb. Sie beobachtete die Menschen. Sie sah genau hin, nahm jede noch so unauffällige Gefühlsregung oder Verhaltensweise wahr. Das hatte sie mit der Zeit zu einer echten Menschenkennerin gemacht. Eine frühere Arbeitskollegin hatte sich stets darüber gewundert, dass sie trotzdem noch unvoreingenommen auf Menschen zuging. Merit vertraute auf das Gute in jedem Einzelnen, bis er oder sie ihr das Gegenteil bewies. Und so wollte sie es auch dieses Mal halten beim Start in ihr großes Abenteuer.

Annabelle hatte sie Punkt 15 Uhr zum Info-Point ins CC3 Steinwerder bestellt. Merit nutzte die verbleibende halbe Stunde zur inneren Vorbereitung und trank im Café am Kronprinzkai ihren letzten Kaffee an Land. Schwarz und heiß. Ohne Zucker. Der Geschmack gab ihr Kraft. Trotzdem war sie aufgeregt. Sie hatte einen ruhigen Platz ergattert, mit Blick auf die Elbe. Wobei, vom Wasser war nicht viel zu sehen. Sie schaute unmittelbar auf eine weiße Wand, durchsetzt von zahlreichen Luken und Fenstern. Die

„Wind of Dreams". Ihr Aufenthaltsort der kommenden zehn Tage. Komisches Gefühl. Eingepfercht inmitten reicher Schnösel würde sie nun die halbe Welt umfahren. Der modernen Schifffahrtstechnik und der Witterung auf Gedeih und Verderb ausgeliefert. Schnell schob sie diese ketzerischen Gedanken beiseite und konzentrierte sich auf die positiven Seiten ihrer Reise. Sie würde in weniger als zwei Wochen mit vielen neuen Erfahrungen und einem fetten Scheck zurück nach Hause kommen. Merit nahm den letzten Schluck Kaffee und schaute auf die nostalgisch anmutende Bahnhofsuhr an der rückwärtigen Wand des Cruise-Cafés. Es war kurz vor drei. Merit verließ das Café und ging zielstrebig in Richtung der Terminals.

„Herzlich Willkommen in der Office-Unit", sagte Annabelle mit tiefer, fast gurrender Stimme. Ihre störrischen Locken und der karamelle Farbton ihrer Haut verrieten afrikanische Abstammung, zumindest einiger ihrer Vorfahren. „Jamaika", sagte Annabelle und lächelte. Offensichtlich hatte sie Merits interessierten Blick bemerkt. Merit lächelte zurück. Bei ihrem ersten Zusammentreffen war sie zu sehr auf die Inhalte ihres Vorstellungsgespräches konzentriert gewesen, um Annabelles Schönheit zu bemerken. Aber klar, extravagante Typen gehörten bestimmt zum Konzept der Office-Unit, deren Leitung Annabelle seit zwei Jahren innehatte. „Komm mit, ich stelle dir das Team vor." Merit folgte ihr.

In der Halle des Abfahrtsterminals war noch nicht viel los. Doch Merit hatte keine Gelegenheit mehr, sich umzuschauen. Annabelle ging zielstrebig Richtung Gate und winkte dem Mann in Uniform hinter der Glasscheibe des Schalters zu. Mit leisem Surren öffnete sich die Durchgangsschranke und Merit huschte hinter Annabelle hindurch. Der Mann blickte Annabelle ungeniert nach. Sie war wohlgeformt. Schlank und dennoch kurvig. Und dank ihrer Stilettos brachte sie es auf eine einschüchternde Größe. Annabelles lockeres leuchtend rotes Kleid wippte, genau wie ihre Kurven, mit jedem Schritt auf und ab. Merit hatte Mühe, ihrem schnellen und sicheren Gang zu folgen. Sie hatte zwar nur leichtes Gepäck dabei – was brauchte sie schon auf einem Kreuzfahrtschiff mit Corporate-Fashion-Vorgaben? – doch im Moment konnte sie vor lauter Hast weder nach links noch nach rechts schauen, um irgendetwas anderes als Annabelles Beine wahrzunehmen, hinter denen sie her rannte. So fühlte es sich jedenfalls an, auch wenn es um Merits Atmung noch einigermaßen gut bestellt war. Mittlerweile hatten sie das Schiff betreten, waren durch die Lobby und einen langen Gang geeilt. „Da sind wir." Annabelle blieb so abrupt stehen, dass Merit beinahe auf ihre neue Chefin aufgelaufen wäre. Annabelle klopfte kurz gegen die weiße schwere Tür mit der Aufschrift „Teamkabine Office-Unit" und öffnete sie.

Schon durch den ersten kleinen Türspalt fiel Merits Blick auf eine unbändige Haarpracht. Ungläubig zog sie die Augenbrauen hoch und vergewisserte sich mit einem zweiten Blick, dass ihre Wahrnehmung nicht verrücktspielte. An Annabelles schwarzen Locken vorbei leuchtete ihr eine rostrote, wallende Mähne entgegen. Direkt daneben glänzte ein perfekter Kastanienton und eine dritte weibliche Person strich sich gerade ihren schwarzen Bubikopf glatt. Merit war sprachlos. Sie stand reglos in der Tür. Erst jetzt drang ihr Blick zu den Gesichtern der drei Frauen vor, die ihr gegenüber auf ausladenden Club-Sesseln saßen. Nun bemerkte sie auch, dass die Frauen genau gleich angezogen waren. Blauschwarze Blazer mit abgesetzten Goldborten, dazu passend die einheitlichen Bleistiftröcke. Sogar die Strumpfhosen hatten denselben Farbton. Amber, wenn sie sich nicht täuschte. Schwarze schlichte Pumps rundeten das verbildlichte Gemeinschaftsgefühl ab. Doch so uniformiert die Kleidung, so einzigartig und ausdrucksstark waren die Gesichter, die sich Merit zuwandten.

„Hi", sagte die Rothaarige. „Ich bin Melanie. Darfst gerne Mel zu mir sagen. Machen alle." Ihre helle Haut war über und über mit Sommersprossen verziert. Sie hatte helle grüne Augen und ihr Lächeln enttarnte zwei längliche Grübchen. Mels Ausdruck hatte jedoch etwas Undurchdringliches. Ihre gesamte Körpersprache sagte klar und gerade heraus: „Bleib wo Du bist." Wie nah man ihr genau kommen durfte, war unklar, doch Merit war auch nicht sonderlich erpicht darauf, es herauszufinden. Mel entsprach ihrem Bild einer männervernichtenden Domina. Wahrscheinlich hatte sie schon viele Seelen zerstört, und nicht alle davon mussten Männer gewesen sein.

„Hi", sagte Merit. Sie löste ihren Blick dabei schnell von Mel und sah den beiden anderen Frauen zur Begrüßung ebenfalls kurz in die Augen. „Ich bin Merit. Im wahrsten Sinne des Wortes die Neue an Bord."

Der Bubikopf räusperte sich. „Elisabeth", sagte die blasse, fast weißhäutige Frau mit dem kurzen schwarzen Haar. Ihr Mund war auffällig rot, doch sie schien keinen Lippenstift zu tragen. Blassblaue Augen lieferten den perfekten Kontrast.

Merit fragte sich, wie Annabelle es geschafft hatte, ein Team aus solch außergewöhnlichen Frauentypen zusammenzustellen. Wobei die Dritte eher einem Klischee entsprach. Eigentlich sah man zunächst nur Zähne. Strahlend weiße und absolut gerade Zähne. Umrahmt von einem braun getönten, makellosen Teint. Perlhühnchen, dachte Merit. Und sie sah Charlys Amüsement vor ihrem inneren Auge. Es war sein Ausdruck. Sein Begriff für Frauen, die augenscheinlich perfekt waren, deren Erscheinung sich am besten als elfenbein- und mokkafarben beschreiben ließ und die zu abgestimmten, gebügelten Outfits und den fortwährend glänzenden Haaren obligatorisch ihre namensgebenden Perlenohrringe trugen. Perlhühnchen eben. Merit hasste diese Frauen. Ihr Wesen war meist so glatt wie ihr Äußeres. Man kam einfach nicht weit. Merit verunsicherte so etwas. Als sie die großen braunen, auf sie gerichteten

Augen spürte schrak sie aus ihren Gedanken hoch. „Entschuldige bitte", sagte Merit.

„Kira", wiederholte das Perlhühnchen. Kira bemühte sich offensichtlich darum zu lächeln, brachte jedoch nur ein abschätziges Zucken der Mundwinkel hervor.

„Super", sagte Annabelle. „Jetzt ist das Team komplett." Merit war wirklich die optimale Ergänzung. Sie verstand nun, warum es mit dem Job samt Arbeitsvertrag so schnell geklappt hatte. Annabelle griff nach zwei Kleiderbügeln im Schrank und zog zwei mit Schutzfolie überzogene Uniform-Kombinationen hervor. Eine davon reichte sie Merit, die zweite behielt sie selbst. „Hier, deine Uniform. Zu Abfahrt und Ankunft tragen wir die Röcke. Auf hoher See kannst du die Hose wählen." Merit und Annabelle zogen sich um. Merit sah in den Spiegel, der an der Schranktür rechts von den Club-Sesseln hing. Sie nahm die Atmosphäre wahr und beobachtete ihre neuen Kolleginnen. Durch die Verstärkung der absolut übereinstimmenden Uniformen potenzierte sich die unglaubliche Haar- und Charakterfülle in dem kleinen Raum ins Unermessliche. Das konnte ja heiter werden. Die Office-Unit war jedenfalls startklar.

Annabelle öffnete die Verbindungstür zum Nachbarraum. Merit staunte. So einen großen Raum hatte sie nicht erwartet. Fünf geräumige Schreibtische, ebenso viele Stehpulte samt Büro-Rezeption und einer versteckten Küchenzeile fanden im Office Platz. „Wir sind high end ausgerüstet", sagte Annabelle. „Unsere Gäste bekommen alle Büroleistungen, die sie wünschen. Wir Office Girls sind zwischen 5.30 und 23.30 Uhr für sie da." Merit schluckte. Ihr fiel ein, dass sie den Vertragsabschnitt über ihre Arbeitsplatzbeschreibung und die Arbeitszeiten nur überflogen hatte. Jetzt fragte sie sich, wie sie das schaffen sollte. 18 Stunden am Stück freundlich und konzentriert zu bleiben und dabei auch noch gut auszusehen – wie sollte das gehen? „Wir arbeiten in zwei Schichten", sagte Annabelle. „Zwei von euch übernehmen die frühe Runde, bis 18 Uhr. Die anderen beiden beginnen um 11 Uhr und bleiben bis zum Schluss. Ich unterstütze euch in der Hauptzeit von 10 bis 16 Uhr und übernehme die Sonderarbeiten. Zwei Pausen, einmal dreißig, einmal sechzig Minuten, sind Pflicht. Ihr müsst dafür sorgen, dass es euch gut geht. Körperpflege und eine ausreichende, gesunde Ernährung werden von euch erwartet. Bei Fragen kannst du dich jederzeit an mich wenden."

Merit nickte. „O.K., danke." Was sollte sie auch anderes sagen. „Wann fange ich an?"

„Du übernimmst mit Mel die Frühschicht. Nach fünf Tagen tauscht ihr mit Kira und Elisabeth."

Na super, dachte Merit. Ausgerechnet mit Vamp Mel würde sie die meiste Zeit an Bord verbringen. Dazu noch ganze fünfeinhalb Stunden pro Tag allein. Aber immerhin. Besser als mit Kira, dem Perlhühnchen. Die hatte es ja nicht einmal bei der ersten Begrüßung geschafft, freundlich zu gucken. Und in ihrer Freizeit würde sie sich einfach an Elisabeth halten. Merit mochte ihre offenbar besonnene und bodenständige Art.

„In einer Stunde legen wir ab", sagte Annabelle. „Halte dich in der Lobby bereit. Immer entgegenkommend, immer freundlich. Lächle und schau die Passagiere offen an. Wenn sie dich etwas fragen, was du nicht beantworten kannst, verweise sie an Lucy von der Rezeption. Begleite sie dorthin." Annabelle holte kurz Luft. „Um 19 Uhr beginnt das Dinner mit Eröffnungsgala. Gegen viertel vor acht sind wir dran. Sei bitte schon um halb acht am Bühnenaufgang. Burke führt durchs Programm und stellt uns dann auch einzeln vor. Das Ganze dauert etwa zehn Minuten, danach hast du frei. Denk aber daran, dass du morgen früh raus musst. Mel wird dir die Arbeitsabläufe und Geräte morgen früh noch einmal im Detail erklären."

Merit nickte wieder. „O.K." Annabelle rauschte aus dem Büro hinaus. Merit schaute sich noch eine Weile um.

Die kirschhölzerne Verkleidung der Stehpulte und Schreibtische bildete einen Kreis, in dessen Innerem die Office Girls ihrer Tätigkeit nachgehen konnten, ohne dass die Gäste ihnen dabei auf die Hände schauen konnten. Das ist angenehm, dachte sie. Überhaupt fand sie die abwechselnde Anordnung von Stehpult und Schreibtisch optimal. So konnte sich jede von ihnen über die Verkleidung hinweg mit ihrem Gast beraten oder eben für längere Computerarbeiten am Schreibtisch sitzen, ohne ihre Nachbarin dabei allzu sehr zu stören. Absolut Feng Shui, dachte Merit. Harmonie und Ruhe. Ein Kreis im Quadrat – die perfekte Anordnung im Raum.

Mel knallte einen Aktenordner auf die helle Marmorplatte ihres Stehpults. „Guten Morgen", sagte sie. Ohne Merit dabei anzuschauen oder zu lächeln. Gut, dachte Merit, während sie den Morgengruß höflich erwiderte, die Lächelpflicht gilt also nur in Anwesenheit der Gäste. Sie beschloss, Mel gegenüber wachsam zu bleiben und sich nüchtern zu verhalten. „Wir haben Stammgäste an Bord", sagte Mel. „Ich war eben im Archiv und habe ihre Personal Notes rausgekramt. Die haben wir zwar alle auch im System, aber so kannst Du dir vorab ein Bild unserer Kundschaft machen und dich auf ihre Wünsche einstellen. Sobald ein Gast einen Auftrag erteilt, kannst Du dich über deine ID mit seiner elektronischen Karte verknüpfen. Da findest du die Informationen dann erneut. Es hilft dir aber, deine Gäste zuvorkommend zu behandeln, wenn du sie bereits vor der ersten Begegnung ein wenig kennst."

Wortlos nahm Merit den Ordner und begann zu blättern. Sie erinnerte sich daran, wie sie als Kind Detektiv gespielt und sich eine Verbrecherkartei angelegt hatte. Genau so waren die Personal Notes aufgebaut. Oben links ein Foto, rechts davon die Stammdaten, darunter Platz für Notizen. Handschriftlich. Merit lachte auf, riss sich aber schnell wieder zusammen. Sie spürte Mels Aufmerksamkeit, verzichtete jedoch auf eine Reaktion. Wie gut das tat. Charlys Strategie schien genau die richtige gegenüber Mel zu sein und so beschloss Merit, diese Taktik zu üben und zu verfeinern. Sich selbst eine Aufgabe zu geben und sich dabei an klare Regeln halten zu können, half ihr, mit der neuen Situation umzugehen. Schließlich war es erst der erste Tag von zehn an der Seite von Vamp Mel.

Nico Offenbächer. Klare blaue Augen, gewelltes dunkles Haar, das leicht in die Stirn fiel. Graue Krawatte, weißes

Hemd, dunkelblauer Blazer. Spießig, dachte Merit. Absolut spießig. Ein Langeweiler vor dem Herrn. Da halfen ihm auch die recht schönen Züge seines jungenhaften Gesichts nicht weiter. CEO der V&C Group, las Merit. Ihr Jahrgang. Der hat es aber weit gebracht für sein Alter, dachte sie. Dafür schien er als Geschäftsführer eines Kommunikationskonzerns nie zur Ruhe zu kommen. Der Platz für Notizen war überfüllt mit Hinweisen zu seiner Person, zu seinen Vorlieben für Arbeitsabläufe und der Art der Tätigkeiten, die die Office Girls in den letzten Jahren für ihn übernommen hatten. Der erste Eintrag lag zwar erst drei Jahre zurück, doch Offenbächer schien die Route mehrmals pro Jahr zu befahren. Jedenfalls wusste Merit nun, dass er seinen Espresso mit einem Stück Würfelzucker nahm. Außerdem hatte er Übersetzungen in die verschiedensten Sprachen in Auftrag gegeben und ausgiebig Gebrauch des Transkriptionsdienstes für die Aufnahmen seiner gesprochenen Korrespondenz und Konzeptionsnotizen gemacht. Das fehlte Merit noch, den ganzen Tag ein Diktiergerät abzuhören und dabei auf Zeit in die Tasten zu hauen. Aber das gehörte wohl zu ihrem neuen Job dazu. Sie blätterte weiter, betrachtete Gesichter und las Personal Notes. Es schien, als wären auch die Gäste an Bord uniformiert. Die Männer, meist zwischen 35 und 50, trugen allesamt weiße Hemden, dunkle Anzüge und gemäßigte Krawatten. Selbst die wenigen weiblichen Stammkundinnen folgten diesem Kleidungsprinzip, wenn auch mit Schmuck statt Krawatte. Nach Urlaub sah das alles jedenfalls nicht aus.

    Burke steckte den Kopf zur Tür herein. „Bei euch alles in Ordnung?", fragte er. Merit nickte. Doch Mel sagte: „Noch ja. Gegen Mittag brauchen wir stilles Wasser." Der Cruise Director tippte sich mit zwei Fingern an die Stirn und zog sie ruckartig wieder herunter. „Ay", sagte er und verschwand. Merit ging zur Küchenzeile. Sie vermisste ihre French Press. Wie gern hätte sie es sich jetzt alleine gemütlich gemacht und sich bei einem frisch gepressten Kaffee auf den Tag vorbereitet. Stattdessen drückte sie den Knopf des hochmodernen, verchromten Kaffeeautomaten, der vor ihr stand. Die Kaffeebohnen wurden gemahlen und außerordentlich heiß aufgebrüht. Zumindest das war nicht zu verachten. Tief atmete sie den anregenden Duft des Kaffees ein.

„Kabinentermin", sagte Mel. Sie sah auf den Bon in ihrer Hand. „Kam gerade über die Rezeption rein. Ein Neukunde. Um 15 Uhr. Er hat ausdrücklich nach dir verlangt. Scheinst bei der Gala einen guten Eindruck gemacht zu haben." Merit hörte Mels Kompliment gar nicht. Ihre Gedanken waren bei dem Wort „Kabinentermin" hängen geblieben. Mel schien das zu bemerken. Sie sagte: „Du kannst dich gern umziehen. Ein Neukunde auf Kabine ist leichter in Hosen zu ertragen." Merit sah an sich herunter, auf den eng anliegenden Bleistiftrock ihrer Uniform, und nickte.

„Ja, gute Idee. Ich ziehe mich in der Mittagspause um." Merit war dankbar für Mels Offenheit in diesem Punkt. Der Bann zwischen den beiden jungen Frauen schien gebrochen. Zumindest oberflächlich. Sie unterhielten sich über die Alltäglichkeiten des Lebens als würden sie sich schon länger kennen. Merit freute sich über die angeregte Plauderei und fand es fast schade, das Büro zur Mittagszeit zu verlassen.

Auf dem Gang begegnete ihr Burke. „Pause?", fragte er. Merit bejahte. „Komm mit, ich zeig dir die Crew-Messe." Die Selbstverständlichkeit in seinem Ton ließ ihr gar keine Wahl. Daher folgte Merit dem Cruise Director einfach. Burke war ein stattlicher Mann. Afro-Amerikaner aus New York. Das wusste sie von Mel. Sie betrachtete Burkes Rücken. Breite straffe Schultern, ein V wie es im Buche stand. Wieder fragte sich Merit, wo die DC True Shipping Line ihr Personal fand. Die meisten Crew-Mitglieder, die ihr bislang begegnete waren, hätten auch als Model gecastet werden können.

Burke und Merit betraten einen abgetrennten Teil der Bordküche, der zu einer Art glamouröser Kantine ausgebaut worden war. „Die DC True kümmert sich gut um ihre Angestellten", sagte Burke. „Dafür erwartet unser Arbeitgeber aber auch einiges von uns." Er setzte sich an einen der freien Tische und wies auf den Platz ihm gegenüber. „Setz dich. Hier ist die Karte. Das Essen bestellen wir dann am Tresen." Merit folgte seiner Aufforderung und besah sich die Mittagsangebote. Hühnerfrikassee hatte sie seit ihrer Kindheit nicht mehr gegessen. Sofort stieg ihr der Geruch in die Nase. Seltsame Erinnerung. Sie passte so gar nicht in ihre aktuelle Umgebung. Merit entschied sich für einen leichten Gemüseauflauf. Sie war sowieso zu aufgeregt, um in Ruhe zu essen.

„Ich habe gleich meinen ersten Termin", sagte sie. Burke lächelte sie ermutigend an. „Und dann direkt auf Kabine. Das ist schon ein mulmiges Gefühl." Sie stocherte in ihrem Auflauf herum.

„Iss", forderte Burke sie auf. „Nichts ist schlimmer, als solchen Situationen mit einem leeren Magen standzuhalten. Und wenn er dann noch laut grummelt wird es besonders unangenehm. Auch für deinen Gast." Merit nickte und nahm einen Bissen. Es tat gut, in diesem Moment einfache Anweisungen zu befolgen. Und Schwäche aufgrund von Unterzuckerung wollte sie nicht aufkommen lassen. Zumal es sich um eine dienstliche Anweisung von Annabelle handelte, auf ausreichende und gesunde Mahlzeiten zu achten. Merit beschloss, sich ein wenig abzulenken.

„Ich dachte immer, Burke sei ein Nachname", sagte sie. Er zeigte seine strahlend weißen Zähne, den Mund zu einem schalkhaften Lächeln verzogen.

„Mein Name ist Thomas", sagte er. „Thomas Hill. Burke ist ein Spitzname. Ich glaube, er geht auf Mel zurück. Sie ist der Meinung, ich sähe aus wie ein Schauspieler aus einer Arztserie." Merit lachte fröhlich auf.

„Das stimmt", rief sie, etwas zu laut für das Ambiente, das sie umgab. Burke grinste. Er sah auf ihren Teller. Erst jetzt bemerkte Merit, dass sie während ihrer kurzen Unterhaltung beherzt gegessen hatte. Eine leichte verlegene Röte zeichnete sich auf ihren Wangen ab. „Und? Soll ich dich jetzt Thomas nennen", fragte sie. „Oder Tom?"

Thomas Hill schüttelte den Kopf. „Nein, nein. Burke passt schon. Keiner kennt meinen wirklichen Namen. Außer vielleicht die Personalabteilung in der DC-True-Zentrale." Merit sah erstaunt auf.

„Keiner?", fragte sie. „Warum hast du ihn mir verraten?" Burke schwieg. Er lehnte sich zurück. Mit einem warmen Ausdruck in den Augen betrachtete er Merit, die zwischenzeitlich auf die Uhr gesehen hatte und nun hastig aufstand. „Entschuldige", sagte sie. „Ich muss mich noch umziehen." Sie stellte ihr Tablett in die Ablage und lief eilig Richtung Team-Kabine.

Es war soweit. Ihr erster Termin. Merit klopfte an die hochglanzlackierte Tür, natürlich aus Kirschholz, der Kabine 215. Einen tiefen Atemzug später vernahm sie ein dumpfes „Herein!" und ihr Herz klopfte schnell. Erst jetzt fiel ihr auf, dass sie Mel gar nicht nach dem Namen des Gastes gefragt hatte. Ihre Hände begannen zu schwitzen. Sie umfasste ihren Block vorsichtig am Rand, damit das Papier keine verräterischen Wellen schlug. Kurz kam ihr die Idee, dass Mel sie absichtlich ins offene Messer hatte laufen lassen. Doch jetzt war es zu spät. Merit gab sich einen Ruck und öffnete die Tür.

Sie hatte einen dunklen Anzug erwartet. Womöglich ein Einstecktuch und eine Weste. Doch ihr Gast stand in Jeans und Pullover da, den Rücken Richtung Eingang gewandt. Merit räusperte sich und trat vorsichtig ein. „Bitte schließen Sie die Tür." Der Neukunde nuschelte so stark, dass sie ihn kaum verstand. Als hätte er ein Taschentuch vor dem Mund. Sie schloss die Tür und hoffte, dass sie ihren Gast gleich besser verstehen würde. Sonst konnte ihr erster Auftrag abrupter enden, als ihr lieb war. Sie stand jetzt mitten im Raum und seine Unhöflichkeit irritierte sie. Der kalte Schweiß lief ihre Handinnenfläche entlang und drohte auf den Boden zu tropfen. Endlich drehte sich der Hausherr der Kabine um.

„C-H-A-R-L-IIIEEEHH!" Merit kreischte vor Freude laut auf. „Was soll das?", rief sie. „Was machst Du hier?" Sie lachte aus vollem Halse und umarmte ihren Chef. So eine Überraschung hatte sie noch nie erlebt.

„Ich lasse dich doch nicht alleine über die sieben Weltmeere segeln. Und schon gar nicht in so einer scharfen Uniform." Charly schob Merit ein Stück von sich weg und betrachtete sie. „Du siehst toll aus", sagte er. Merit konnte es immer noch nicht fassen. „Genau wie deine Kolleginnen", fuhr Charly ungeniert fort. „Ihr seid wirklich ein Knaller-Team. Wobei ich mir vorstellen kann, dass das Perlhühnchen ordentlich rumzickt. Die ist wahrscheinlich total needy. Hab ich recht?" Merit lachte. Seit Tagen hatte sie sich nicht mehr so wohlgefühlt, wie jetzt in Charlys vertrauter Gesellschaft. Ausführlich erzählte sie Charly von ihrer ersten Begegnung mit dem Perlhühnchen und den anderen Kolleginnen. Charly lachte viel und Merit tat es gut, sich ihren Stress von der Seele zu reden.

Sie saßen auf dem geräumigen Sofa in Charlys Kabine und Merit sah sich um. Charly hatte eine Außenkabine am Bug gebucht. Sie war größer und stimmungsvoller eingerichtet als ihre funktionale Personalkabine. Durch das Fenster sah Merit den strahlendblauen Himmel. Ein seltener Anblick seitdem sie an Bord war. Das Büro der Office-Unit hatte zwar auch Fenster, allerdings zur Innenseite. Den Himmel hatte Merit seit einer gefühlten Ewigkeit nicht mehr gesehen. Sie sog das Licht mit ihren Augen förmlich in sich hinein.

Das Staging der Kabine war hell und freundlich. Zwar zog sich das Kirschholz-Thema durchs gesamte Schiffsdesign, doch die Fülle an weißen und sandfarbenen Stoffen ließ es hier in den Hintergrund rücken. Merit spürte den Sog der Gemütlichkeit und empfand das allererste Mal auf diesem Schiff so etwas wie Urlaubsatmosphäre.

„Ach du Schreck! Charly, bezahlst du etwa für den Nachmittag hier mit mir?"

„Natürlich", antwortete Charly. „Ein Office Girl bekommt man doch nicht für lau." Er grinste. „Sonst bezahle ich dich ja auch für deine Gesellschaft, falls es dir noch nicht aufgefallen ist." Charly stand das Amüsement ins Gesicht geschrieben.

„Na ja, immerhin halte ich dir in der Agentur den Rücken frei. Vergiss das nicht!" Doch so richtig überzeugt war sie von ihren eigenen Worten in diesem Moment nicht. Er bemerkte ihre Verunsicherung. „Ich gehe lieber, sonst wird es zu teuer für dich. Was soll ich ins Protokoll schreiben? Wofür hast Du mich gebucht? Im Übrigen erwarten sie persönliche Notizen über deine Vorlieben von mir. Klein, brünett, Perlohrringe und so was." Mit dieser Retourkutsche verließ sie Charlys Kabine ohne seine Antwort auf ihre Fragen abzuwarten.

Beim Abendessen traf Merit Elisabeth. Sie setzte sich zu ihr und die beiden Frauen begannen ein höfliches Gespräch. Auf die Frage nach ihrem ersten Arbeitstag erzählte Merit von Charlys Überraschung. Elisabeth staunte. „Es wird schwer für euch, euch an Bord zu treffen", sagte sie. „Der private Umgang mit Gästen wird nicht gern gesehen. Solange er dich bucht, ist es wohl kein Problem, aber ihr könnt ja nicht einmal zusammen im Restaurant essen." Merit nickte. Darüber hatte sie auch schon nachgedacht.

„Wie ist es denn am Samstag?", fragte sie Elisabeth. „Sollen wir nicht zusammen mit den Gästen auf der Swing-Party feiern?" Elisabeth nickte.

„Ja, das könnte klappen. Außerdem könntet ihr euch manchmal am frühen Abend an der Cocktail-Bar neben der Rezeption treffen. Du musst es nur offiziell machen und deine Uniform tragen. Das heißt dann aber auch, dass du für die anderen Gäste ebenfalls ansprechbar bist."

„Gute Idee", sagte Merit. „Ich hätte ein zu schlechtes Gewissen, wenn Charly noch einmal für einen Office-Termin zahlen würde. Gelegentliche Treffen reichen aus. Immerhin ist er hier, um Urlaub zu machen. Und es sind einige recht attraktive Damen unter den Gästen. Ihm wird schon nicht langweilig werden."

Burke ging an ihrem Tisch vorbei und nickte ihnen aufmerksam zu. Er schaute Merit kurz an. Alles gut?, schienen seine Augen zu fragen. Merit lächelte. Burkes fragender Ausdruck wich einem zufriedenen. Er nahm einige Tische weiter Platz und widmete sich mit voller Aufmerksamkeit der Lasagne auf seinem Teller.

Allmählich gewöhnte sich Merit an den Arbeitsalltag an Bord. Das ungemein frühe Aufstehen blieb zwar anstrengend, dafür lief es mit den Gästen gut. Sie mochten Merits offene und bisweilen herzliche Art, was dazu führte, dass sie schon am dritten Tag für den Rest der Reise so gut wie ausgebucht war. Merit freute sich über ihren Erfolg. Und auch über den Nebeneffekt, dass sie kaum noch Zeit mit ihren Kolleginnen verbringen musste. Mel gegenüber hatte sie sich sofort wieder distanziert, nachdem diese ihr Charlys Namen verschwiegen hatte. Mel konnte schließlich nichts davon gewusst haben, dass Charly und sie sich kannten. Immerhin blieb es bei einer insgesamt unterhaltsamen und manchmal sogar lustigen Konversation in den frühen Morgenstunden. Mit Kira hatte Merit dagegen bislang fast überhaupt kein Wort gewechselt und Annabelle sauste eh die ganze Zeit an Bord umher. Nur um Elisabeths Gesellschaft tat es ihr leid. Es hätte gut getan, zwischendurch einmal Pause mit einer Kollegin zu machen, von der man nichts zu befürchten hatte.

Diesen Part übernahm mit der Zeit Burke. Das geschah nahezu von selbst. Da sie ähnliche Arbeitszeiten hatten, liefen sie sich häufig in den Pausen über den Weg. Er war ein angenehmer Gesprächspartner, der sowohl alle Crew-Mitglieder als auch die Gäste gut kannte und dabei immer den Blick von außen behielt. Er war Merit gegenüber wohlgesonnen und sie fühlte sich in seiner Gesellschaft zunehmend wohl. „Übermorgen ist die 20er-Jahre-Party", sagte er bei einem ihrer gemeinsamen Mittagessen. „Hast Du dir schon ein Outfit aus dem Fundus ausgesucht?" Merit schüttelte den Kopf. Sie hatte sich schon gefragt, was sie anziehen sollte, war aber vor lauter Office-Terminen nicht dazu gekommen, Annabelle um Rat zu fragen.

Der Stammgast Nico Offenbächer nahm sie zurzeit derartig in Beschlag, dass sie schon anfing, die ihr bekannten V&C-Angelegenheiten mit ihm gemeinsam zu überdenken und Lösungsvorschläge zu äußern. Offenbächer machte dankbar Gebrauch von Merits Erfahrungen in der Kreativbranche und ihrem persönlichen Einsatz für seine Geschäfte. Dementsprechend hoch fielen auch die Trinkgelder aus, die Merit freudig entgegen nahm. Mit dieser zusätzlichen Einnahmequelle hatte sie überhaupt nicht gerechnet. Noch dazu gestaltete diese sich äußerst lukrativ.

Bei ihrer Arbeit für Offenbächer dachte Merit häufig an Charly. Offenbächer war ein netter Auftraggeber mit kulanten Umgangsformen, doch an Charlys Charme und die ehrliche Freundschaftlichkeit im Umgang mit seinen Kollegen reichte Offenbächer einfach nicht heran.

„Woran denkst Du?", fragte Burke. Merit fuhr auf. Sie hatte Burkes Anwesenheit für einen Moment vergessen.

„Entschuldige", sagte Merit. „Ich war in Gedanken noch bei der Arbeit für meinen Stammkunden." Burke lächelte nachsichtig.

„Mach nicht zu viel", sagte er. „Du bist dafür da, die Fleißarbeiten zu übernehmen und nicht, um deine Kunden mit anderen Mehrwerten zu verwöhnen." Merit brachte nur ein Räuspern zustande, welches offen ließ, ob es zustimmend oder ablehnend zu verstehen war. Sie fragte sich, woher er von ihrem Engagement für die geschäftlichen Belange Offenbächers wusste. Für sie selbst war es eine Selbstverständlichkeit, bei der Arbeit mitzudenken. Alles andere langweilte sie zutiefst. Und wenn es nicht Burke gewesen wäre, der da vor ihr saß, wäre sie glatt auf die Idee gekommen, einen leichten Anflug von Eifersucht in seinen Gesichtsausdruck hinein zu interpretieren. Doch jetzt wechselte sie lieber das Thema.

„Was ist der Fundus?", fragte sie Burke, obwohl sie natürlich eine Vorstellung vom abendlichen Programm an

Bord und den dafür nötigen Requisiten und Kostümen hatte.

„Ich zeige ihn dir. Um 18 Uhr vor der Crew-Messe?" Merit nickte. „O. K. Ich muss los", sagte Burke und machte sich auf den Weg. Es war ihre erste Verabredung. Sonst waren sie sich immer zufällig über den Weg gelaufen. Merit entdeckte überrascht, dass sie sich auf das Wiedersehen freute. Doch zunächst stand erst einmal ein weiterer Termin mit Offenbächer an.

„Nico", sagte Offenbächer. „Sag gerne Nico zu mir. Wir arbeiten mittlerweile so gut und so eng zusammen, es würde mich freuen, wenn wir uns duzen."

„Gern", antwortete sie. „Merit. Wie hat die holländische Web-Agentur auf unseren Vorschlag reagiert?"

„Noch gar nicht", antwortete Offenbächer. „Ich rechne auch frühestens Morgenvormittag mit einer Antwort. In der Zwischenzeit können wir uns überlegen, wie wir ein ähnliches Angebot an das rumänische Pendant formulieren." Rumänien, herrje, dachte Merit. Sie musste sich nachher unbedingt bei Mel nach den Kontaktdaten für die rumänischen Übersetzer erkundigen.

„Stehen denn noch mehr Agenturen bei euch in der Kreide?", fragte Merit.

„Eher unter Betrugsverdacht", sagte Offenbächer und brach das Gespräch damit ab. Er konzentrierte sich auf die Schreiben in seiner Hand und Merit wartete auf ihren nächsten Einsatz. Nach einigen Minuten wandte er sich in seinem Diktiermodus wieder an sie. Merit kannte das ernste Gesicht und die geballte Konzentration, die sich darin spiegelte, mittlerweile und begann zu tippen.

Merit verstand wenig von dem, was Offenbächer sagte. Es fielen viele juristische und betriebswirtschaftliche Fachbegriffe, die sie später würde nachschlagen und korrigieren müssen. Komplizierte Wendungen und endlose Aneinanderreihungen von Nebensätzen führten dazu, dass sie inhaltlich abschaltete und nur noch tippte, was sie gerade hörte. Es war ein fast meditativer Zustand, aus dem sie hochschreckte, als Nico sie schweigend ansah. Offenbar hatte er schon einige Sekunden lang nichts mehr gesagt und stattdessen Merits abwesende Miene betrachtet. Peinlich berührt blickte sie auf die Uhr und fuhr erneut auf. Es war schon Viertel nach Sechs. Burke wartete auf sie! Wenn er es denn überhaupt tat.

„Es tut mir leid, Nico", sagte sie. „Ich habe noch einen Termin. Ich muss los."

„Ist gut", antwortete Offenbächer. „Wir sind für heute fertig. Lass deine Unterlagen liegen, ich möchte nachher noch einmal drüber gehen."

„In Ordnung", sagte Merit und machte sich auf den Weg zur Crew-Messe. In einem der langen Gänge traf sie Charly. Sein Gesicht leuchtete auf, als er sie sah. „Hey Charly!", rief Merit und lief an ihm vorbei. „Ich muss weiter!" Charly schaute ihr verblüfft nach und ging weiter in Richtung Restaurant. Etwas außer Atem erreichte Merit die Crew-Messe. Von Burke war nichts zu sehen. Mist, dachte Merit. Sie schaute auf die Uhr. 18.27 Uhr. Sie war eine halbe Stunde zu spät.

„Suchst Du mich?" Burkes volle Stimme erklang dicht hinter ihr. Merit drehte sich um. Burke war nah an sie herangetreten und schaute sie offen an. Merit nahm seinen Duft wahr und spürte die Wärme, die seinen Körper umgab. Gedankenlos küsste sie ihn auf die Wange. „Gott sei Dank, Du bist noch da. Entschuldige bitte meine Verspätung. Ich hab über die Arbeit die Zeit vergessen", sagte Merit.

„Das habe ich mir schon gedacht", antwortete Burke. Jetzt gab er ihr einen Kuss. Auf den Mund. „Ist nicht so schlimm", sagte er. Merit war zu perplex, um auf den Kuss zu reagieren. Sie konnte diese Geste nicht einordnen. Einerseits wunderte sie sich über Burke, andererseits wollte sie das Gefühl seiner großen weichen Lippen auf ihrem Mund keinesfalls schon wieder loslassen. Sie schwelgte einen Moment darin, anstatt Burke durch eine klare Haltung auf Abstand zu bringen. War das die falsche Richtung? Für Merit lief es gut an Bord. Sie wollte nicht, dass der Rest der Reise kompliziert verlaufen würde. Außerdem brauchte sie Burke als guten Freund, als jemanden, der für sie da war, mit dem sie reden konnte. Doch noch immer spürte sie den angenehmen Abdruck seiner Lippen auf den ihren. „Hier entlang", sagte Burke und schob Merit an der Crew-Messe vorbei. „Ich habe dir schon gesagt, Du sollst nicht zu viel machen. Und schon gar nicht für Offenbächer. Sei vorsichtig." Merit hörte kaum zu. Sie bogen nach wenigen Metern rechts ab und standen vor einer großen Flügeltür. Burke holte seine Keycard aus der Brusttasche seines Uniform-Jacketts. Erst jetzt bemerkte Merit, dass Burke sie die ganze Zeit mit seiner Hand in ihrem Rücken geführt hatte. Auf Taillenhöhe empfand sie das plötzliche Fehlen des sanften Drucks seiner Hand als Verlust. Die ausstrahlende Wärme wich augenblicklich kühler Zugluft.

„Hereinspaziert! Willkommen in einer Welt voll Glitzer und Glamour." Burkes Zähne blitzen im Dunklen. Er lachte. „Hier findest Du alles, was die DC True an Schein und Kulisse zu bieten hat. Warte, ich mache das Licht an."

Merit war überwältigt von der Fülle an Garderobe und Requisiten, die sich vor ihr auftat. Ein hoher Raum, voll der schönsten Kleider und Accessoires. Garderobenstangen zogen sich auf jeder möglichen Höhe die Wände entlang, alle waren voll behängt. In der Mitte des Raums standen Regale und Schrankwände, gefüllt mit unendlicher Pracht. Einen prunkvolleren begehbaren Kleiderschrank hatte Merit noch in keinem Film gesehen.

Burke machte sich gleich an einigen Kleiderbügeln zu schaffen. Merit setzte sich auf den kleinen Stuhl vor einem Kosmetiktisch und ließ den Fundus auf sich wirken. Es schien ihr unmöglich zu sein, in dieser Masse an Kostümen ein passendes Outfit zu finden. Doch Burke ging offensichtlich systematisch vor. Jetzt erst sah Merit die kleinen Metalltafeln an den Regalböden, die der Kleidung Thema und Größe zuwiesen. Burke steuerte auf Merit zu. In der Hand hielt er drei Kleider, die er sorgfältig auf eine mobile Garderobenstange neben dem Kosmetiktisch hängte. „Die müssten passen", sagte er. „Hinter dem Paravent kannst Du dich umziehen."

Merit staunte. Kleid Nummer eins saß perfekt. Burke hatte ihre Größe und ihre Figur genau getroffen. Merit betrachtete sich im Wandspiegel hinter dem Paravent. Ein weißes schwingendes Cocktailkleid mit viel schwarzer Spitze versetzte ihre schlanke Erscheinung in die 20er-Jahre des 20. Jahrhunderts. Ohne zu schauen reichte Burke ihr einen Hut und eine Zigarettenspitze über die Stellwand. Merit schritt hinter dem Paravent hervor und schmiss sich in Pose. Sie kippte ihr Becken, überstreckte ihren linken Arm und spreizte die Hand ab, während sie ihre rechte Hand mit der Zigarettenspitze anhob, als wolle sie sich Feuer geben lassen. Die perfekte Swing-Silhouette. Burke schnalzte mit der Zunge. „Yes", rief er aus. „Du hast es drauf." Burke sah Merit bewundernd und zugleich herausfordernd an. Er ging auf sie zu, umfasste ihre Taille mit seinen großen Händen und hob sie einige Zentimeter in die Luft, bis sich ihre Augen auf gleicher Höhe befanden. „Ich küsse dich jetzt", sagte er und wartete einen Moment ab. Merit wehrte sich nicht. Sie sah ihm in die Augen und genoss das kribbelige Ziehen, das sich von ihrem Herzen bis in den Unterleib erstreckte. Sie wurde feucht und weich. Nur die Spitzen ihrer Brustwarzen verhärteten sich und stießen gegen die Schalen ihres BHs. Merit öffnete den Mund und stöhnte leicht, noch bevor Burke irgendetwas anderes getan hatte, als sie in den Armen zu halten und anzuschauen. Jetzt drückte er sie an sich. Sie spürte wie hart er geworden war. Auch Burke öffnete seinen Mund. Ihre Zungen trafen sich, noch bevor die Lippen es taten. Sie schauten sich tief in die Augen, während sich ihre Zungen immer tiefer wagten. Schließlich stöhnte Burke laut auf und presste seine Lippen auf ihren Mund und seinen Körper noch fester an ihren. Eng umschlungen torkelten sie hinter den Paravent. Sie war hektisch dabei, seine Uniform abzustreifen, er beschränkte sich darauf, ihr Kleid hochzuschieben. Mit der freien Hand griff er in ihr Dekolletee hob ihren Busen aus dem BH, sodass er frei vor ihm lag. Er strich mit den Fingern über die Spitze. Dann legte er Lippen und Zunge an, um sanft an ihrem Busen zu saugen. Mit der anderen Hand schob er ihr Höschen zur Seite und zwei seiner Finger tief in sie hinein. Mit schmatzendem Geräusch bewegte er seine Fingerspitzen vor und zurück. Schnell. Noch schneller. Merit fühlte sich ohnmächtig in seinen Händen. „Ja", sagte er leise. „Gut so." Burke hatte sie im Griff und schien es nur zu gut zu wissen. „Komm", forderte er Merit auf. Sie war ihm ausgeliefert. Egal was sie hätte tun wollen, ihr Körper gehorchte ihm, nicht ihr. Sie schob sich noch tiefer auf seine rhythmischen Finger und drückte ihren Busen gegen seine stählerne Brust. Reglos verharrte sie bis ihr Körper zuckte, verkrampfte und pulsierte. Burke zog seine glänzenden Finger hervor und schaute Merit mit einem überlegenen Lächeln an. „Brav", sagte er. Mit einem Ruck stand er auf und zog seine Uniform wieder an. Innerhalb weniger Sekunden stand er geordnet und gebügelt vor ihr, als wäre nichts geschehen, während sie noch völlig derangiert auf einem Durcheinander von Kleidern und Accessoires lag. Er beugte sich über sie, schob ihr Kleid noch einmal hoch und küsste mit leicht geöffneten Lippen ihre geschwollene Mitte. Das war's. Mit katzenhafter Geschmeidigkeit bewegte er sich durch den Raum und verschwand durch die Flügeltür.

Hastig suchte Merit die verstreuten Kleider zusammen und hängte sie über den Paravent. Sie griff sich wahllos eines der Kostüme, die Burke ausgesucht hatte, und verließ den Fundus. Beschämt schlich sie in ihre Personalkabine. Auch wenn es Vorgabe war, jeden Abend vernünftig zu speisen, ließ sie diese Mahlzeit heute ausfallen. Sie wollte niemanden sehen.

Um sich abzulenken, holte Merit die Personal Notes von Nico Offenbächer hervor. Sie war noch nicht dazu gekommen, die Unterlagen durch ihre eigenen Angaben zu ergänzen. Kaum hatte sie den Stift in der Hand, klopfte es an die Tür. Wer konnte das sein? Mit Burke rechnete Merit nicht. Vielleicht hatte Charly ihre Kabinennummer herausbekommen. Doch selbst ihn wollte Merit jetzt nicht sehen. Und wenn es Annabelle war? Merit ging zögerlich zur Tür. Sie lauschte, doch sie hörte nichts. Dafür waren die Kabinentüren einfach zu dick. Sie öffnete die schwere Tür einen kleinen Spalt und lugte hindurch. Niemand da. Jetzt zog Merit die Tür ganz auf und trat einen Schritt in den Flur. Niemand war zu sehen. Sie drehte sich um, um wieder hineinzugehen, und stieß mit dem Fuß gegen ein kleines Kästchen. „Für Merit" stand auf dem beiliegenden Kärtchen. Sie hob das Kästchen auf und ging hinein.

Als Merit sich wieder an den kleinen Tisch ihrer Kabine gesetzt hatte, wendete sie die Karte. Nichts. Kein Absender. Vorsichtig öffnete sie das Kästchen. Merit sah Silber und Perlen. Hier und da blitzte ein Strasssteinchen auf. Sie hob eine seltsam verknüpfte Kette hoch und brauchte einen Augenblick, um zu verstehen, wozu sie gedacht war. Es war eine Haarkette mit Stirnschmuck. Ganz im Stil der 20er-Jahre. Also doch Burke! Obwohl. Jeder auf diesem Schiff wusste von der anstehenden Party. Merit schaute in das

Kästchen. Darin lag noch eine Karte. „Mit großem Dank" stand darauf. Das klang nun wirklich nicht nach Burke. Und passte auch so gar nicht zur Situation. Vielleicht hätte sie ihm ein Schmuckstück als Dankeschön senden sollen, dachte sie selbstironisch und wurde gleich wieder rot bei dem Gedanken an die Geschehnisse im Fundus. Merit legte Kärtchen und Haarkette in das Kästchen zurück und stellte es an die Seite. Sie konnte den Schmuck unmöglich tragen, ohne zu wissen, von wem er kam. Nachher deutete der Absender dies noch als Zeichen des Einverständnisses und sie wusste nicht einmal, worum es ihm dabei ging. Nun gut, das würde sich auch noch klären, dachte sie.

Merit empfand es als schwierig, Nicos Charakter in wenige beschreibende Worte zu pressen. Nicht, dass sie ihn besonders gut kannte oder er ein schwieriger Mensch war, im Gegenteil. Doch sie wollte ihm und ihren Kolleginnen, die zukünftig für ihn da sein würden, gerecht werden. Bislang reduzierten sich seine Personal Notes auf Vorlieben und Tätigkeiten. Jetzt sollte Merit jedoch sein Wesen beschreiben. Nico war kulant. Höflich, zuvorkommend und dankbar für kreative Unterstützung seiner Arbeit. Doch dies traf sicherlich auf neunzig Prozent der Gäste an Bord zu. Merit wurde bewusst, dass sie kaum in der Lage war, tatsächliche Wesenszüge Offenbächers in Worte zu fassen. Dafür war seine Oberfläche zu poliert. Und das war vielleicht nicht einmal eine Fassade. Eventuell kannte sie ihn auch einfach zu wenig. Sie war sich nicht sicher. Private Worte hatten sie nicht gewechselt. Und irgendwelche Ecken und Kanten würde er schon haben, dachte sie. Nun gut. Abwarten. Die PNs mussten nicht heute abgeben werden, entschied Merit und beschloss, ein wenig frische Luft und einen freien Blick auf den Himmel an Deck zu erhaschen.

Kondensstreifen zierten den an sich schon weißlich verhangenen Himmel. Ein schönes Muster, dachte Merit. Klare, aber durchbrochene Linien. Komplex. Sie blickte mit Absicht in die hellsten Stellen, um so viel Licht wie möglich durch ihre Augen in sich hinein fließen zu lassen. Ihre Laune stieg merklich. Sie atmete die salzige Luft in tiefen Zügen ein und wandte ihren Blick der Gischt zu, die entlang des Schiffs aufschäumte. Gelegentlich belebten einige Tropfen Meerwasser ihr Gesicht. Erst jetzt wagte sie, an ihren – ja, was war es denn eigentlich? – mit Burke zu denken. Hitze schoss durch ihren Körper. Kurze Wogen der Scham, dicht gefolgt von kaum enden wollenden Wogen leidenschaftlicher Erinnerung. Burke hatte sie vollkommen überrumpelt und überrascht. Weder hatte sie ihm sexuelle Abenteuer innerhalb der Crew zugetraut, noch diese verspielte Dominanz, die offenbar keinerlei Nähe zuließ. Verflucht noch mal. Dass er mit diesem Verhalten genau ihre sexuelle Schwäche treffen musste, dachte Merit. Wie sollte sie denn jetzt mit ihm umgehen? Am besten würde sie ihm für den Rest der Reise aus dem Weg gehen. Schließlich waren es nur noch ein paar Tage. Sie hatte eh genug zu tun und Pause konnte sie auch allein machen.

„Hast Du die Offenbächer PNs ergänzt?", fragte Mel zur Begrüßung. Es war fünf Uhr morgens. Sie stand hinter ihrem Pult im Büro und sah Papiere durch.

„Guten Morgen", antwortete Merit. „Ich hoffe, Du hast auch gut geschlafen." Mel legte die Papiere zur Seite und sah Merit interessiert an.

„Irgendetwas stimmt nicht", sagte sie. „Fast könnte man meinen, Du hättest Sex gehabt." Merit wusste, dass Mel immer wieder gern mit derartigen Behauptungen provozierte, doch in diesem Fall nahm sie es als Warnung. Sie musste vorsichtig sein. Immerhin hatte Mel ihre veränderte Ausstrahlung bemerkt, auch wenn sie den Grund dafür nicht kannte. Und das, dachte Merit, soll auch unbedingt so bleiben. Gerüchte um ihre Person konnte sie nun wirklich nicht gebrauchen.

„Ich bin noch nicht zu den Offenbächer PNs gekommen. Mache ich heute Nachmittag. Da habe ich wahrscheinlich eine Stunde Luft. Warum fragst Du danach? Brauchst Du eine Info?"

„Nein. Jedenfalls nicht über Offenbächer", sagte Mel. „Aber wir sollten eine Kartei von deinem Erstkunden anlegen. Meinst Du nicht?"

„Ich dachte, die Personal Notes brauchen wir nur für Stammkunden."

„Ist klar. Aber vielleicht wird es ja einer. Wir tragen daher jeden unserer Kunden ein. Außerdem lohnt sich jede Info über ein Sahnestückchen wie dieses, meinst du nicht?" Jetzt wurde Merit hellhörig. Konnte es sein, dass Mel auf Charly stand?

„Verstehe", sagte Merit.

„Was verstehst Du?"

„Warum du überall Sex witterst." Spöttisch zog Merit eine Augenbraue hoch.

„Du hast sie doch nicht alle", sagte Mel und wandte sich ab. Sie begann mit der Arbeit und verschanzte sich hinter einer durchsichtigen aber undurchdringlichen Barriere.

Merit geriet ins Grübeln. Charly und Mel. Undenkbar. Oder war diese Kombi vielleicht gar nicht so abwegig? Sie erinnerte sich an Charlys Worte bei ihrem ersten Gespräch an Bord. Er war von der Schönheit ihrer Kolleginnen angetan gewesen. Aber von welcher genau? Kira konnte er nicht gemeint haben, dafür kannte sie seinen Geschmack zu gut. Elisabeths Typ war wohl auch nicht sein Favorit, obwohl Merit sich das am ehesten gewünscht hätte. Blieben nur Annabelle und Mel. Fünfzig zu fünfzig. Sie konnte nur hoffen, dass er Annabelle gemeint hatte und Mels Interesse nicht erwiderte. Merit mochte ihren Chef sehr und wollte ihn nicht an Vamp Mel ausgeliefert sehen.

Den Rest des Vormittags verbrachte sie mit Schreibarbeiten kleinerer Aufträge für verschiedene Gäste. Sie beschloss, ihre Mittagspause so weit wie möglich hinauszuzögern, um ein Zusammentreffen mit Burke zu vermeiden. Damit Mel keinen Verdacht schöpfte, tat sie, als hätte sie eine dringende Deadline einzuhalten. Der Nachmittag war eh wieder Offenbächer und der V&C Group vorbehalten, sodass sie nicht Gefahr laufen würde, irgendwelche Fragen aufzuwerfen oder sich rechtfertigen zu müssen.

Nico Offenbächer machte Merit einen Strich durch die Rechnung. Kurz vor ihrem Termin klingelte das Telefon. „Nico hier", sagte Offenbächer. „Ich muss unseren Termin für heute absagen. Können wir morgen weitermachen, am späten Nachmittag?"

„Morgen ist die Party. Da habe ich Anwesenheitspflicht, auch bei den Vorbereitungen. Tut mir leid."

„Ach so. Die 20er-Jahre-Party. Ganz vergessen. O. K. Dann machen wir Sonntag weiter."

„In Ordnung", antwortete Merit. „Sehen wir uns morgen Abend denn trotzdem?"

„Denke schon", sagte Offenbächer und legte auf.

Seltsam, dachte Merit. Irgendwie hatte er komisch geklungen. So matt. Und er war nicht ganz bei der Sache gewesen. Merit kannte Offenbächer sachlich, effizient und hochkonzentriert. Eben hatte er nahezu zerstreut gewirkt. Doch sie wusste selbst nicht einmal genau, woran sie das festmachte.

Merit beschloss, ihren plötzlich freien Nachmittag mit Charly zu verbringen. Das war die beste Gelegenheit, weder Mel noch Burke zu treffen. Sie musste Charly irgendwie dazu bewegen, sie offiziell in Beschlag zu nehmen. Nach einiger Suche fand sie ihn schließlich am Passagierdeck seiner Etage. Er lag in einem Liegestuhl und blätterte in einer Fachzeitschrift für Grafikdesign. Es sah nicht so aus, als ob er sich rundherum wohl fühlte, dachte Merit. Dabei war es für ihn doch ein reiner Urlaub, mitten im Luxus. Vielleicht langweilte er sich, dachte sie. Oder er hatte tatsächlich Interesse an Mel oder einer anderen Frau und kam nicht an sie heran. Aber würde ihn das derartig betrüben? Merit beschloss, es herauszufinden.

„Guten Tag, Herr Richtmann. Sie hatten kurzfristig ein Office Girl angefragt?" Merit sprach Charly in offiziellem Tonfall an. Charly richtete sich auf. Ein Lächeln erhellte sein Gesicht.

„Ja", sagte er. „Wunderbar, dass es so schnell klappt."

„Dann folgen Sie mir bitte ins Office. Wir müssen ihren Termin noch einbuchen." Charly stand auf und ging hinter Merit her. Sie war dankbar, dass er so schnell geschaltet hatte und ohne weiteres mitspielte. Im Office trafen sie auf Mel. Sie schaute überrascht auf.

„Was ist mit deinem Termin?", fragte sie Merit.

„Abgesagt", antwortete Merit. „Dafür hat Herr Richtmann mich gerade angefragt. Ich wollte die Änderung nur noch schnell einbuchen."

„Soll ich übernehmen?", fragte Mel mit geradezu lieblicher Stimme. Ihr Blick galt allein Charly.

„Danke, alles gut", antwortete er. „Frau Hanson hat schon für mich gearbeitet und kennt den Stoff."

„Sicher", sagte Mel. Sie wandte sich zu Merit. „Ich buche den Termin für euch ein. Ihr könnt mit der Arbeit beginnen." Mels Tonfall war noch immer zuvorkommend, doch ihre Augen versprühten Gift. Nichts wie weg hier, dachte Merit und drängte Charly Richtung Ausgang.

„Puh", sagte sie draußen auf dem Flur. „Wenn Blicke töten könnten. Ich glaube, du hast einen Fan." Charly lächelte, sagte aber nichts. „Ich bin dir so dankbar Charly, du rettest mich. Natürlich übernehme ich die Kosten für den Nachmittag selbst. Hauptsache, wir können uns an ein gemütliches Plätzchen verziehen."

„Wie gehen zu mir", sagte Charly. „Ich bestelle uns etwas beim Concierge und du erzählst mir in aller Ruhe was los ist. Hat dich jemand belästigt?"

„Nein, nein. Keine Sorge. Es ist nur alles so", Merit fand keine weiteren Worte. Also gingen sie schweigend nebeneinander her, bis sie zu Charlys Kabine gelangten.

„Darf ich bitten?", fragte Charly und ließ Merit herein. Sofort entspannte sie sich. Sie hatte vergessen, wie schön die Gästekabinen eingerichtet waren. Und hier war ihr alles so vertraut. Der Duft, die Kleidung, die Habseligkeiten, die hier und da herumlagen – all das war Charly. Merit atmete durch. „Setz dich", sagte Charly. Das tat sie.

„Was ist los?", fragte Charly. Merit konnte ihm unmöglich von der Sache mit Burke erzählen. Doch genau darum ging es. Ihr spontanes Stelldichein hatte kaum zwanzig Minuten gedauert und mit einem Mal war für Merit an Bord alles kompliziert geworden. Sie musste sich verstecken, aufpassen wem sie was erzählte und darüber hinaus noch so leicht und unbekümmert wirken wie zuvor. Auch Charly gegenüber. Das war ihr Problem. Doch sie beschloss, alles auf ihren Hauptkunden zu schieben. Schließlich hatte der sich ebenfalls gerade in einer 180-Grad-Wendung präsentiert. Noch vor ein paar Tagen hätte Merit so eine Veränderung sehr beschäftigt. Sie hätte gegrübelt und sich gefragt, ob sein Stimmungswandel vielleicht mit ihr zu tun hatte, ob sie einen Fehler gemacht hatte oder was auch immer sonst der Grund für sein Verhalten hätte sein können. Jetzt war es ihr nahezu egal, doch sie begann Charly ausführlich davon zu erzählen. „Irgendetwas stimmt mit dem nicht", sagte Charly. „Im Restaurant hat er den Tisch neben mir. Meistens telefoniert er. Immer dubios. Ich kann ihn zwar nie verstehen, weil er flüstert, doch sein Mienenspiel hat er nicht unter Kontrolle. Gestern ist er ganz blass geworden. Hat seine Dorade nicht einmal angerührt, dabei war die extrem gut." Charly schien sein Dinner in der Erinnerung geschmacklich noch einmal zu erleben.

Merit war verwundert. Mit so einer konträren Information über ihren Kunden, den sie immerhin noch charakterlich beschreiben musste, hatte sie nicht gerechnet, hatte sie mit Offenbächer doch ohnehin nur von ihren wahren Gefühlen ablenken wollen. Aber das, was Charly da erzählte, war interessant, wenn auch wenig aufschlussreich. Im Gegenteil. Es warf Fragen auf. Was konnte den tagsüber nüchtern und konsequent agierenden Offenbächer am Abend so aufwühlen? Ein Rätsel mehr auf ihrer Liste. Die letzten vierundzwanzig Stunden hatten so einige offene Fragen mit sich gebracht.

„Sag mal, Charly, hattest du eigentlich mal versucht, mich zu kontaktieren? Kennst Du meine Kabinennummer?"

„Nein, wieso? Sollte ich?"

„Nee. Wollte nur wissen, ob die meine Zimmernummer einfach so rausgeben würden. Mal angenommen, Du wolltest mir was vorbeibringen. Oder mich sehen."

„Die geben hier keine Kabinennummern raus. Da kannst du dir sicher sein. Man kann höchstens Post an der Rezeption hinterlassen." Genau das hatte sich Merit auch gedacht. Und Charlys Antwort klang wirklich nicht danach, als ob er ihr Schmuck geschickt hätte. Dennoch war er sich seiner Sache ziemlich sicher. Vielleicht hatte er versucht, jemand anderen zu kontaktieren? Dieser Gedanke brachte Merit wieder zu einem ihrer anderen Rätsel. Was war mit Charly und Mel? Vorhin hatte Mels Gezicke sie so in Beschlag genommen, dass sie gar nicht darauf geachtet hatte, wie Charly eigentlich auf Vamp Mel reagiert hatte.

Merit saß vor dem kleinen Garderobenspiegel im Fundus. Lily, die Bordfriseurin, war dabei, Merits Haar in Wasserwellen zu legen. Lily redete in einer Tour. Sie erzählte von prominenten Gästen, die sie schon überall auf der Welt für diverse Anlässe hergerichtet hatte. Merit nickte gelegentlich, zumindest wenn es der Bearbeitungsstand ihrer Haare hergab. Ansonsten hielt sie Lily mit einem zustimmenden „hm" in Redelaune. Merit war weder in Plauder- noch in Partystimmung. Es war ihr gerade recht, dass Lily sich selbst unterhielt, denn ihre Gedanken konnten sich nicht von dem lösen, was sich hier vor zwei Tagen hinter dem Paravent abgespielt hatte, der jetzt nur wenige Zentimeter entfernt von ihr stand.

Merit hatte es tatsächlich geschafft, Burke seither aus dem Weg zu gehen. Einmal hatte sie ihn in die Crew-Messe abbiegen sehen, als sie ebenfalls etwas essen gehen wollte. Diese Mahlzeit hatte sie ausfallen lassen. Ihr Herz hatte so stark geklopft, dass die Aufregung ihr für den Rest des Abends den Appetit genommen hatte. Merit wusste nicht, wie sie den heutigen Abend überstehen sollte. Auf der Party konnte sie Burke kaum aus ihrer Wahrnehmung ausblenden, denn er führte – wie immer – durchs Programm.

Lily steckte Merit gerade Federschmuck ins Haar, als Annabelle den Fundus betrat. Forschend schaute sie Merit an. „Wie geht es meinem Star-Girl der Office-Unit?", fragte sie. „Man sieht dich ja kaum noch."

„Danke, es läuft gut", antwortete Merit. „Ich bin für den Rest der Reise bereits ausgebucht."

„Das weiß ich natürlich." Annabelle lächelte. „Ich wusste auch, dass du ein guter Fang bist. Aber dass jemand an Bord so völlig aus meinem Blickfeld verschwindet, habe ich noch nicht erlebt. Lass mich wissen, wenn du etwas brauchst. Und erhol dich immer gut in deinen Pausen, damit du deine so geschätzten Fähigkeiten auch bis New York auf Niveau hältst!" Annabelle steckte Merit einen Umschlag zu. „Für dich", sagte sie und rauschte auch schon wieder hinaus.

Lily schnatterte gleich wieder los. Merit nahm nur vereinzelte Worte wie „Kompliment" und „krass" wahr. Sie besah sich den Umschlag in ihrer Hand. Das Design gehörte zum DC-True-Bord-Spa. Merit zog einen Gutschein heraus. „Shiatsu-Massage" stand in Großbuchstaben darauf. Er versprach 75 Minuten Körpertherapie zum Ausgleich der Energieflüsse. Merit freute sich. Diese Art der Entspannung konnte sie zurzeit tatsächlich gut gebrauchen.

„So, die Haare sitzen", trällerte Lily. „Jetzt das Make-up. Ich zaubere dir perfekte Smokey Eyes. Du wirst heute Abend alle umhauen. Warte mal ab." Merit lächelte. Der Entspannungsgutschein schien schon jetzt Wirkung zu zeigen. Jedenfalls freute sich gerade das erste Mal über ihr professionelles Styling und die Gelegenheit, es allen an Bord zu präsentieren. Ein Blick in den Spiegel verriet ihr, dass Lily tatsächlich großartige Arbeit leistete. Merits Haut schimmerte in einem makellosen Porzellanteint, die Augen loderten in rauchigen Schatten und ihre Lippen überzog Lily gerade mit einem kräftigen Rot. Zuletzt legte Lily noch ein Schmuck-Stirnband im Stil der 1920er-Jahre über Haar und Make-up. Sie strahlte Merit an. „Na! Was sagst Du?"

„Lily, Du bist eine wahre Künstlerin. Tausend Dank! Ich habe noch nie so toll ausgesehen", antwortete Merit. Sie wusste, wie sehr sich Lily über dieses Kompliment freute, doch es entsprach auch einfach der Wahrheit. Merit wäre heute sogar unter Hollywood-Stars bei der Oscar-Verleihung aufgefallen. Jetzt fühlte sie sich gut gewappnet. Heute musste ihre Erscheinung selbst Burke beeindrucken, da war sie sich sicher. Sie hatte in den letzten Tagen fast vergessen, wie es sich anfühlte, selbstbewusst zu sein. Als Schöne unter Schönen war sie einfach nichts Besonderes mehr gewesen. Doch heute Abend ragte ihre Schönheit dank Lilys Styling wieder heraus. Die neu gewonnene Sicherheit tat ihr gut. Sie freute sich auf den Abend und hatte Lust, ausgelassen zu feiern. Wenn sie sich dabei an Charly hielt, konnte nicht viel schiefgehen.

Charly war in bester Tanzlaune. Er trug weiße Hosenträger über einem schlichten, schwarzen Hemd. Dazu Krawatte, schwarze Anzughose und eine Gatsby Mütze. Gerade schlackerte er seine Knie im Charleston-Takt, als Merit mit einem reich verzierten Cocktail auf ihn zusteuerte. Für den Bruchteil einer Sekunde hielt er in seiner Bewegung inne. Die Welt stand für einen Nanomoment still und Merit genoss ihren Auftritt. Sie nahm Haltung an und begann mit Charly zu tanzen. Leichte stilvolle Bewegungen. Mehr brauchte es nicht. Charly stieg voll drauf ein. Auch sein Tanz war nun voller verspielter Andeutungen, ohne je darüber hinauszugehen. Sie berührten sich nicht einmal, doch sie verschmolzen im Tanz. Sie waren eins. Die anderen Paare auf der Tanzfläche hatten Abstand genommen. Sie genossen es, die beiden in sich versunkenen Tänzer zu beobachten, doch Merit bemerkte es nicht. Der Swing trug sie in eine andere Welt.

Mitten in Fred Astaires „Cheek to cheek" kam Bewegung in die sich wiegenden Zuschauer. Burke drängte sich zwischen ihnen hindurch. Neben Merit stoppte er und klatschte zwei Mal kurz aber laut in die Hände. „Partnerwechsel", zischte er in Charlys Richtung.

Charly blickte Merit fragend an. Sie blickte ärgerlich drein, vermochte Charly aber keine Antwort zu geben. Ihre leichte Stimmung war verflogen. So ging Charly etwas auf Abstand und tanzte für sich allein weiter. Burke nahm sogleich den Raum um Merit herum ein. Er griff nach ihrer Hand und wollte sie tanzend an sich ziehen. Doch Merit hatte ihre Fassung wiedergewonnen und nahm Abstand. Sie versuchte, sich wieder Charly zuzuwenden, doch Burke schaffte es, sich immer wieder zwischen die beiden zu schieben. Die Zuschauer konnten sich mittlerweile nicht mehr sicher sein, ob es sich bei ihrem Anblick nicht um ein inszeniertes Stück der Bord-Crew zu ihrer Unterhaltung handelte. Merit hingegen wurde wütend. Sie wollte möglichst unauffällig an Burke vorbei und zu Charly tanzen, schaffte es aber nicht, an Burkes massiver Erscheinung vorbeizukommen. Im Augenwinkel nahm sie die nächste Person wahr, die auf das ausdrucksstarke Grüppchen zukam. Vamp Mel. Sie bahnte sich ihren Weg zu Charly. Mel sah bombastisch aus. Sie hatte ebenfalls ein Styling von Lily erhalten, das ihre männerverschlingende Erscheinung und die leuchtend roten Haare ins Rampenlicht stellte. Kaum angekommen, nahm Mel Charly in Beschlag und Charly schenkte ihr tatsächlich die Aufmerksamkeit, die sie so offensichtlich einforderte.

„Du trägst den Schmuck nicht, den ich dir geschenkt habe", raunte Burke Merit ins Ohr. „Du hast dich nicht einmal bedankt." Er schaffte es trotz gesenkter Stimme inmitten beseelter Leichtigkeit und fließender Tanzbewegung herrisch zu klingen. „Stattdessen gehst Du mir aus dem Weg. Was soll das?"

Merit war perplex. Der Schmuck war von Burke? Mit großem Dank? Sie konnte sich keinen Reim darauf machen. Es fiel ihr schwer, sich auf die neue Sachlage zu konzentrieren. Der Alkohol und die Leichtigkeit des bisherigen Abends hatten ihre Gedanken fortgetragen. Jetzt kam Burke mit Informationen um die Ecke, die die ganze Situation änderten. Er hatte an sie gedacht. Er hatte ihr sogar Schmuck geschenkt. Jetzt nahm er öffentliche Aufmerksamkeit bei seinem Ringen um ihre Aufmerksamkeit in Kauf. Was bedeutete all das für sie? Hatte sie sich in ihm getäuscht?

Merit wusste es nicht. Sie ließ die Geschehnisse auf sich einprasseln, unfähig sie zu sortieren. Sie sah Burke ins Gesicht. Seine dunklen Augen glühten vor Wut. Er riss sie an sich und ehe sie es merkte, tanzten sie eng umschlungen zu den langsamen Rhythmen eines Chansons. Sie legte ihren Kopf an seiner Schulter ab und ließ sich gehen. Burke führte und schmiegte sich an sie, ohne dabei seinen Griff zu lockern. Er roch an ihrem Haar und drückte seine Hüfte sanft gegen ihre.

Merit war verloren. Sie nahm Burkes Duft wahr, die wenigen Lichter um sie herum, die romantische Musik und weit entfernt eine verschwommene Menschenmenge, die nichts mehr mit ihr und ihrer Welt zu tun hatte. Für sie gab es nur noch die starken Arme Burkes und seine kraftvollen Bewegungen, die die ihren bestimmten. Sie hob ihren Kopf, sah ihn an und öffnete leicht ihren Mund. Sie wollte seine Zunge schmecken, seine weichen warmen Lippen wieder auf den ihrigen spüren. „Nicht hier", sagte Burke. „Hör auf." Doch Merit spürte, dass sich unter seiner Hose etwas regte. Sie lächelte zufrieden. „Ich will dich", raunte er in ihr Ohr. „Jetzt. Komm mit." Es war keine Aufforderung und keine Bitte. Er entschied vielmehr für sie. Merit ließ es zu. Das Wispern an ihrem Ohr hatte ein angenehmes Kitzeln hinterlassen. Sie war willig. Und weich. Wie bei ihrem ersten Treffen im Fundus.

Ein wuchtiger Rempler riss Merit aus ihrer inneren Ekstase. Nüchternheit überkam sie ob des Schmerzes in der Nierengegend. Sie drehte sich um. Nico Offenbächer stand vor ihr. „Tschulliung", lallte er. Er konnte sich kaum auf den Beinen halten. Offenbächer rieb sich den Ellenbogen. „War keine Absssisch. Wollte ssu dir. War ssu schnelll." Er stützte sich auf Merits Schulter. Burke ließ von ihr ab.

„Kümmer dich", sagte Burke und verschwand in der wogenden Menge tanzender Paare. Merit wollte sich ebenfalls einfach umdrehen und gehen. Sie wollte bei Burke sein. Ihn fühlen. Ihn spüren und schmecken. Doch sie besann sich auf ihre Rolle an Bord und hakte sich bei Offenbächer unter. Langsam schob sie ihn Richtung Bar, passte auf, dass er nicht zu sehr torkelte oder gar hinfiel.

„Du hast mich gesucht? Warum?" Im Augenwinkel sah sie Charly. Er stand an der Theke. Allein. Mit einem Bier in der Hand. Ja, da war Charly. Vertraut. Einfach da. Wo war Mel?

Offenbächer zog Merit an die Theke. Sie hinderte ihn daran, noch mehr Alkohol zu bestellen und verlangte Wasser. „Nico, was wolltest du denn von mir?", fragte sie erneut.

„Glabe, dashabisch vergesssn." Er lallte immer noch so stark, dass Merit einen Eiswürfel aus dem Wasserglas nahm und ihm damit das Gesicht abrieb. „Glabe, wasberufliches." Merit schüttelte den Kopf.

„Jetzt, auf der Party, wolltest du mich etwas Berufliches fragen? Nico, du hast getrunken. Ich glaube eher, du wolltest hier feiern und ein wenig Spaß haben. Da hast Du mich zufällig gesehen."

„Nein, nein", antwortete Offenbächer schon nüchterner. Der Eiswürfel tat langsam seine Wirkung. „Habe disch gesucht, das weißisch genau."

„Vielleicht wolltest Du mit mir tanzen?"

„Neeee. Da hätte meine Frau was gegen. Hast Du sie gesehen?"

„Deine Frau ist an Bord?" Merit war verdutzt.

„Eigentlich nicht." Offenbächers Stimme wurde leiser. Seine Augen fielen fast zu und er lehnte sich mit seinem ganzen Gewicht an die Theke.

„Pass auf Nico. Ich glaube, es ist besser, wenn du dich jetzt eine Runde hinlegst. Ich bringe dich zu deiner Kabine."

„Müssen aufpassen, dass Lea uns nicht erwischt. "

„Lea?"

„Meine Frau."

„Sie erwischt uns bestimmt nicht. Wie sollte sie, wenn sie nicht an Bord ist. Und bei was schon. Ich liefere dich vor der Tür ab und gehe wieder. Da ist gar nichts dabei."

„O. K. Aber leise", flüsterte Offenbächer. „Pschschscht."

„In Ordnung. Wir halten jetzt den Mund und sind leise."

Merit bugsierte Offenbächer erfolgreich zu seiner Kabine und ließ ihn vor der Tür los. Sie wartete, bis er die Tür geöffnet hatte und in die Kabine stolperte, dann ging sie zurück zum Festsaal. Wo konnte Burke nur stecken, fragte sie sich. Das Bühnenprogramm war längst vorbei und sie konnte sich nicht vorstellen, dass Burke zu seinem Vergnügen auf so einem Fest blieb. Oder wartete er vielleicht sogar auf sie? Ihre Lust war zwar verflogen und sie war ob der Aktion Offenbächer nahezu ausgenüchtert, doch sie wollte Burke noch fragen, was es mit dem besten Dank auf sich hatte. Eigentlich musste sie auch noch nach Charly sehen. Es war nicht nett gewesen, ihn einfach so stehen zu lassen. Doch vielmehr war sie neugierig. Sie wollte wissen, was er mit Mel laufen hatte.

Merit war kurz davor, den Festsaal wieder zu betreten, da fing Mel sie mit verzerrter Miene ab. „Was ziehst du hier für eine Show ab?", zischte sie. „Fickst du deine Kunden? Bist du deshalb so beliebt?" Merit blieb der Atem weg. Mel hatte nicht einmal eine Fahne. „Mag sein, dass du Burke den Kopf verdrehst. Offenbächer ist mir persönlich auch egal, obwohl es eine Schande für die Office-Unit ist. Hoffentlich kommen die Kunden jetzt nicht auch bei uns auf dumme Ideen. Aber eines sage ich dir: Lass die Finger von Karl Richtmann." Jetzt musste Merit bei aller Fassungslosigkeit fast lachen. „Dein dummes Grinsen wird dir schon noch vergehen. Warte mal, bis Annabelle sich mit der Angelegenheit befasst. Dann bist du die längste Zeit Office Girl gewesen." Mel dampfte so schnell wieder ab, wie sie aufgetaucht war.

Merit blieb vor dem Eingang zum Festsaal stehen. Ihr war nicht mehr nach Party zumute. Sie machte sich Gedanken über die Auswirkungen des heutigen Abends. Eigentlich war nichts passiert und doch war alles anders. Sie entschied sich, nach Burke zu suchen. Er war derjenige, der die Situation am ehesten retten konnte. Eigentlich war er der Einzige, der ihr jetzt noch helfen konnte.

Merit trank heißen Kaffee. Sie saß im Schlafanzug auf ihrem Bett und schaute durch die kleine Luke, die das Fenster ihrer Kabine darstellen sollte. Der Ausblick endete allerdings nach wenigen Dezimetern an der nächsten Bordwand. Sie stellte sich vor, wie der Himmel dahinter jetzt wohl aussehen mochte und versuchte wärmende Sonnenstrahlen auf ihrer Haut zu spüren. Merit hatte sich eine Kanne frischen Kaffee via Concierge-Service geleistet. Sie wollte in Ruhe über die letzte Nacht nachdenken. Allein. Sich stärken, bevor sie da draußen jemandem begegnen konnte. Sie brauchte einen Plan. In ihrem Kopf summte und brummte es. Das lag zwar auch am Alkoholgenuss des gestrigen Abends, doch der war nicht allein für ihre surrenden Gedanken verantwortlich.

Mels Worte gingen Merit nicht aus dem Kopf. Merit hatte auf der Party offensichtlich den Eindruck eines Flittchens hinterlassen. Wenn Mel das so gesehen hatte, konnte auch Annabelle auf diese Idee kommen. Das bereitete ihr Sorgen. Es ärgerte sie auch, dass sie Burke nicht mehr gefunden hatte. Er war wie vom Erdboden verschluckt gewesen. Dabei hatte sie ihn gebraucht. Seinen Rat. Er musste die Situation doch auch als bestenfalls missgünstig eingeschätzt haben, schließlich war er schon lange an Bord und kannte die Befindlichkeiten des Personals und der Manager. Trotzdem hatte er nicht mehr nach ihr gesehen. Merit gab es ungern zu, aber sie war enttäuscht.

Merit zog ihre Uniform an und kämmte ihre blonden Locken. Sie musste langsam nachsehen, für welche Uhrzeit ihr Termin mit Offenbächer eingebucht worden war. Sie konnte sich zwar nicht vorstellen, dass er schon wieder geschniegelt und eloquent dabei war, seinen geschäftlichen Tätigkeiten nachzugehen, doch man konnte nie wissen.

Und in ihrer momentanen Situation lag es ihr fern, eine weitere Person zu verprellen. Käme jetzt noch eine Terminbeschwerde hinzu, hätte sie bei Annabelle noch schlechtere Karten.

Auf dem Weg ins Büro kam ihr Kira entgegen. „Morgen Kira", sagte Merit. Kira sah sie mit großen braunen Augen an und huschte verschreckt an ihr vorbei. Kira auch? Was war da los? Kira war Merit gegenüber zwar immer kühl und zurückhaltend, doch bislang hatten sie sich immerhin gegrüßt. Geringstmögliche Konversation bei größtmöglichem Waffenstillstand. Das war Merit sehr angenehm gewesen. Aber jetzt? War Kira auch sauer auf sie? Aus den gleichen Gründen wie Mel? Doch sie hatte eher einen verstörten Eindruck gemacht, als einen wütenden. Zwischen ihnen fehlte es einfach an Basis. Sonst wäre Merit Kira nachgelaufen und hätte sie mit ihrer Unhöflichkeit konfrontiert. Stattdessen ging sie weiter und betrat das Office. Stille. Mel stand hinter dem nächsten Arbeitspult. Ihre Sommersprossen wirkten dunkler als sonst. Ein seltsamer Kontrast zu ihrer heute fast bläulichen Blässe. Irgendetwas stimmte nicht mir ihr. Annabelle und Burke saßen auf einer Arbeitsplatte neben Mel. Keiner sprach ein Wort. Ihre Blicke richteten sich auf Merit. Kam es ihr nur so vor, oder hatte das Schweigen mit ihrem Erscheinen seinen Charakter geändert? Die Stimmung kam ihr ängstlich und vorwurfsvoll vor. Komisch. Sie hätte eher eine aufgeheizte oder wütende Atmosphäre erwartet. Besonders ihre Chefin hatte Merit anders eingeschätzt. Von Annabelle hätte sie souveränes Durchgreifen erwartet. Warum wirkte sie genau so verschreckt wie Mel und Kira? Was hatte Burke ihnen erzählt? Was hatte er hier überhaupt zu suchen? Fragend blickte Merit in die Runde. Burke räusperte sich. „Wie du vielleicht schon weißt", sagte er und machte eine szenische Pause: „Nico Offenbächer ist tot."

Die Worte schlugen sich mit der Wucht eines Vorschlaghammers in Merits surrende Ohren. Bum. Einfach so. Nico ist tot.

Wie konnte das sein? Er war doch nur betrunken gewesen. Sie hatte ihn zu seiner Kabine gebracht. Da war keinerlei Gefahr im Spiel gewesen. Er musste noch einmal losgegangen sein. Anders konnte sie sich einen Unfall nicht erklären. Oder war es eine Art Hirnschlag gewesen? „Was ist passiert?", fragte Merit.

„Das weißt du nicht?", antwortete Burke mit einer Gegenfrage.

„Wie sollte ich? Gestern habe ich ihn betrunken in seiner Kabine abgeliefert. Danach habe ich ihn nicht mehr gesehen."

„Dann warst du wohl die letzte, die ihn lebend gesehen hat."

„Das mag sein. Woran ist er denn nun genau gestorben?"

„Das wird eine Obduktion klären. Der Schiffsarzt leitet bereits seine Abholung in die Wege."

„Dann ist die Todesursache unklar?"

„Alles deutet darauf hin, dass Offenbächer Gift zu sich genommen hat."

Merit wich das Blut aus dem Kopf. Sie wollte sich festhalten, doch ihre Gliedmaßen waren taub. Ihre Haut fühlte sich mit einem Mal dick, kalt und kribbelig an und sie sah nur noch Lichter um sich herum.

„Halt sie fest!", drang Annabelles Stimme von weiter Ferne an ihr Ohr. „Mel, hol ein Glas Wasser! Schnell!"

Merit spürte, dass sie rücklings in Burkes Armen lag. Doch es hatte nichts Tröstliches. Und schon gar nichts Erotisches. Ein Stahlgerüst hätte sich wärmer angefühlt. Bildete sie es sich nur ein, oder hatte in seinen Fragen etwas Lauerndes gelegen? Beschuldigte Burke sie etwa? Kälte. Nichts anderes als Kälte umgab Merit. Wer war dieser Mann?

Annabelle beugte sich über Merit. „Sie kommt zu sich", sagte sie. Was sollte das heißen, fragte sich Merit. War sie denn ohnmächtig gewesen? Annabelle hielt Merit ein Glas Wasser hin. „Hier", sagte sie. „Trink!" Merit setzte sich auf, nahm es und trank einen Schluck. Langsam kam wieder Gefühl in ihre Glieder.

Es klopfte an der Tür. Zwei Mal zackig hintereinander, dann flog die Tür auf. Merit fing prompt an zu kichern. Ein kleines graues Männlein in Crew-Blazer stand in der Tür. Ausgemergelt, kaum 1,60 Meter hoch. Wo kam der denn her? Merits Kichern glitt ins Hysterische ab. Wie hatte es einer mit lichtem Haar, grauem Teint und wässrigen Augen durch das strenge Glamour-Casting auf die „Wind of Dreams" geschafft? Wahrscheinlich war er einfach unter einer Schranke durch gelaufen, beantwortete Merit ihre Frage selbst und fand sich in diesem Moment ungemein komisch. Sie lachte schrill und hemmungslos. Tränen rannen aus ihren Augen, der Bauch schmerzte. Wie gut das tat. „Entschuldigung", sagte sie als sie sich etwas beruhigen konnte. „Das müssen die Nerven sein." Sie kicherte nach.

Annabelle blickte entsetzt drein. Das Männlein sah Merit an. „Ich kenne diese Reaktion. Es handelt sich wohl um Ihren ersten Mord?"

Mord. Das Wort stand im Raum wie eine Säule aus Marmor. War es Mord gewesen? Es konnte doch auch ein Versehen gewesen sein. Oder Suizid. Und warum mein Mord? Verdächtigten die mich hier etwa? Oder war es nur die intellektuelle Retourkutsche für eine hysterische Entgleisung gewesen? Wer war der Mann überhaupt?

„Mick Martins. Borddetektiv. Und ja, es war definitiv Mord", sagte das Männlein. Damit hatte der Detektiv zwar auf die unausgesprochenen Fragen der anwesenden Crew-Mitglieder geantwortet, doch Merit konnte das einfach nicht glauben.

„Woran machen Sie das fest?", fragte sie.

„Wer sich selbst töten möchte, nimmt eine Überdosis Schlafmittel oder ACE-Hemmer. Doch in Offenbächers Fall sieht es nach Atropin, dem Nervengift aus der Tollkirsche, aus. Das nimmt auch niemand versehentlich, weil niemand einfach so zehn bis zwanzig Tollkirschen mit sich herum trägt. Sie werden verstehen, dass ich einige Fragen an Sie habe. Bitte halten Sie sich alle zu meiner Verfügung. Wir beide fangen an", sagte Mick Martins und deutete auf Merit.

„Ich habe gleich einen Termin", sagte Merit. „Ich muss schauen, ob–". Merit schauderte. „Entschuldigung. Ich, natürlich habe ich Zeit." Sie konnte es noch immer nicht fassen. Nico war tot. Sie würde nicht gleich zu ihm gehen, um seine strukturierten Notizen abzutippen oder gemeinsam mit ihm ein resolutes Anschreiben an seine Geschäftspartner zu verfassen. Nein, stattdessen hatte sie Zeit. Mehr als ihr lieb war, denn Nico hatte sie bereits zu Beginn der Reise fast jeden Tag für einige Stunden gebucht.

„Kommen Sie mit", sagte Martins. Und wieder einmal lief Merit jemandem auf dem dicken Teppich in den Gängen der „Wind of Dreams" hinterher. Fließende Stoffe, glänzendes Kirschholz und lächelnde Gäste zogen an ihr vorüber und kamen ihr unwirklich vor. Merit hatte das Gefühl für die Gegenwart verloren. Mit einigen weiteren Schritten verlor sich die Pracht und sie gelangten in einen abgelegenen Teil des Schiffes, nahe des Gastro-Lagers. „Hier entlang", sagte Martins und schob Merit durch die Öffnung einer Schiebetür in ein karg eingerichtetes Büro. „Bitte setzen Sie sich. Kaffee?"

„Gern", sagte Merit. Sie saß nun auf einem harten Stuhl am Schreibtisch des Borddetektivs. Zumindest wies ihn ein Schild auf dem Schreibtisch als solchen aus. Die Inneneinrichtung des Büros hatte nichts vom üppigen Charakter des sonstigen Interior-Designs der „Wind of Dreams". Im Gegenteil. Merit kam es so vor, als seien die wenigen Möbel dem nächstgelegenen Baumarkt entnommen. Hart, kalt und rein funktional. Scheppernd landete eine Tasse Kaffee vor Merits Platz.

„Hoffe, er schmeckt Ihnen. Mehr als eine French-Press habe ich hier unten nicht", sagte Martins. Er konnte nicht ahnen, wie ungemein tröstlich dieser Satz für Merit in diesem Moment war. Sie atmete auf und stieß dabei einen leisen Seufzer aus. Mit den ersten Schlucken des bitterschwarzen Kaffees kam sie zur Ruhe. „Milch?", fragte Martins.

„Auf keinen Fall", sagte Merit. Mick Martins lächelte.

„Wie ich sehe, haben Sie sich etwas beruhigt", sagte Martins. „Was genau hat Sie so aus dem Konzept gebracht?"

„Das ist kompliziert", antwortete Merit.

„Ich höre?"

Merit war sich nicht sicher, wie sie anfangen sollte. Was sollte sie dem Detektiv überhaupt erzählen? Und noch wichtiger: Was lieber nicht? Martins schaute sie durch seine verwaschenen Augen unverwandt an. Er ist nicht unfreundlich, dachte Merit. Aber er ist auch nicht die Polizei. War sie überhaupt verpflichtet, mit ihm zu sprechen? Unter welchen Vorzeichen stand diese Unterhaltung? Unentschlossen wechselte sie ihre Sitzposition und nahm noch einen Schluck Kaffee. Solange sie etwas im Mund hatte, würde er nicht erwarten können, dass sie etwas sagte.

„Sie müssen sich keine Sorgen machen. Solange sie nicht der Mordaufklärung dienen habe ich kein Interesse daran, Ihre Geheimnisse auszuplaudern."

„Ich habe keine Geheimnisse", schoss die Antwort aus ihr heraus. Merit wurde rot. Sie hatte nicht lügen wollen. Und schon gar nicht so offensichtlich. Jetzt würde ihr Martins wahrscheinlich überhaupt kein Wort mehr glauben. Sie heftete ihren Blick an den Stiftebecher auf seinem Schreibtisch und begann lautlos, die Stifte zu zählen. Sie traute sich nicht, den Kontakt zu Martins wieder aufzunehmen, doch dieser ignorierte ihre Abschottung. Er lachte.

„Frau Hanson! Jeder hat Geheimnisse. Und keiner möchte sie verraten. Glauben Sie mir, ich habe schon einige Befragungen durchgeführt. Sie werden mir bestimmt keine neue Perspektive auf menschliches Verhalten eröffnen. Mich treibt auch keine private Neugier. Ich möchte einfach nur etwas über die Vorgänge und Verhältnisse auf diesem Schiff erfahren. Schließlich gilt es, einen Mord aufzuklären. Da muss ich die Geschehnisse rekonstruieren. Verstehen Sie das?"

Merit nickte. Sieben Bleistifte. Neunzehn Kugelschreiber. Wer zur Hölle brauchte so viele Stifte? Merit hob den Blick. Sie hatte ihre Scham überwunden. „Bitte entschuldigen Sie", sagte sie. „Ich bin einfach noch immer etwas durcheinander. Natürlich erzähle ich Ihnen, was gestern Abend passiert ist. Immerhin habe ich Nico zu seiner Kabine gebracht." Martins Blick fokussierte sich. Merit hatte seine volle Aufmerksamkeit. Sie begann ihre Erzählung mit Burkes Tanz. Dass die beiden eigentlich gerade von der Tanzfläche verschwinden wollten, verschwieg sie dem Detektiv. Vielmehr beschrieb sie den Rempler, den ihr Nico Offenbächer versetzt hatte, schilderte ihre Versuche, ihn auszunüchtern und erzählte, wie sie ihn schließlich zu seiner Kabine gebracht hatte.

„Worüber haben Sie gesprochen?", fragte Martins.

„Nico hat irgendwas vor sich hin gelallt. Er meinte, er hätte mich gesucht, um etwas Berufliches zu besprechen. Das habe ich natürlich nicht geglaubt, so betrunken wie er war."

„Gab es für ihn denn noch wichtige berufliche Dinge zu besprechen?"

„Na ja, ich bin für ihn ja eigentlich nur eine Kurzzeit-Sekretärin gewesen. Auch, wenn ich mich für die Geschäfte meiner Kunden interessiere, habe ich da ja nicht wirklich mitzureden. Das Einzige, was mir dazu einfällt, ist, dass er an dem Tag eigentlich noch einen Termin außer der Reihe haben wollte, weil er den vom Vortag abgesagt hatte. Aber auch das heißt eigentlich nicht, dass er etwas Dringendes mit mir besprechen wollte."

„Welchen Tätigkeiten ging Offenbächer nach?"

„Er war Geschäftsführer einer großen Kommunikationsagentur. Seine aktuelle Aufgabe, so schien es, war, für Ordnung in den Geschäftsbeziehungen zu sorgen."

„Was heißt das genau? Gab es Probleme?"

„Es schien nichts Außergewöhnliches zu sein. Jedenfalls machte er nicht den Eindruck, als wäre er besorgt", sagte Merit. „Also", sie machte eine Pause. „Jedenfalls nicht mir gegenüber."

„Heißt das, jemand anderes hatte diesen Eindruck? Wer?"

Merit zögerte. Sie wollte Charly nicht in diese Geschichte hineinziehen. Und bis jetzt wusste auch niemand an Bord, wie gut sie sich eigentlich kannten. Sie beschloss, sich so vage wie möglich auszudrücken. „Er war wohl bei Tisch sehr nervös. Aber das ist reines Hörensagen."

„Wer hört und sagt das?", fragte Martins. Merit schwieg. „Na gut", sagte Martins. „Wenn ich weiß, was ich fragen muss, finde ich auch heraus, wen ich fragen muss. Kommen wir zu Offenbächers Aufgaben zurück. Kam ihnen da nie etwas komisch oder gefährlich vor?"

„Nein, eigentlich nicht." Merit überlegte. „Obwohl", sagte sie.

„Obwohl?"

„Na ja, ich habe es nicht hinterfragt, weil ich ihn ja nur bei seiner Arbeit an Bord unterstützt habe. Die größeren Zusammenhänge kenne ich nicht. Aber wir haben eine Art Mahnung geschrieben. Und als ich einmal fragte, ob die Schulden beglichen seien, hat er etwas von Betrug gesagt. Mehr weiß ich aber wirklich nicht darüber."

„Das ist interessant", sagte Martins. „Wissen Sie noch, was in der Mahnung drinstand?" Merit schüttelte den Kopf. Sie erinnerte sich daran, dass sie nicht einmal beim Tippen verstanden hatte, was sie da aufschrieb. Doch das musste sie

Martins ja nicht von sich aus aufs Auge drücken. „Wie würden Sie Offenbächer als Menschen beschreiben?", fragte er.

    Merit stöhnte. Da war sie wieder. Die Frage nach Nicos Charaktermerkmalen. Seltsam. Eben noch hatte der Tod sie von der Aufgabe entbunden, seine Personal Notes zu vervollständigen und schon war es umso wichtiger, Nico als Menschen zu beschreiben. Ein Klopfen an der Tür unterbrach Merits fragwürdige Gedankengänge.

Burke stand im Türrahmen. Es wirkte, als stünde er kilometerweit weg. Merit verspürte einen leisen Schmerz. Das war nicht der warmherzige, wenn auch herrische Mann, den sie in den letzten Tagen kennengelernt hatte. Dort stand ein vollkommen Fremder. Und auch er schien sie nicht zu kennen. „Der Kapitän möchte Sie sprechen", sagte Burke zu Martins. Merits Anwesenheit ignorierte er.

Martins nickte. „In Ordnung", sagte er. „Ich komme gleich auf die Brücke." Burke trat ab. Seine kantigen Bewegungen wirkten militärisch. Merit schaute ihm traurig nach. Als sie ihren Blick wieder Martins zuwandte, merkte sie, dass er ihre Melancholie wahrgenommen hatte. „Wir sind fürs Erste fertig", sagte er. „Bitte kommen Sie heute Nachmittag noch einmal in mein Büro. Dann setzen wir unser Gespräch fort. Sollte Ihnen zwischendurch noch etwas Dringendes ein- oder auffallen, erreichen Sie mich über Handy." Er gab Merit eine Visitenkarte. Mick Martins, DC-True-Borddetektiv stand darauf. Und eine Mobilfunknummer. Mehr nicht. Schlicht und einfach das, was es war. Wieder einmal dachte sie, dass dieser ganze Corporate-Design-Quatsch, der in den Agenturen stets heilig gesprochen und teuer verkauft wurde, überhaupt nicht nötig sei. Name, Funktion, Erreichbarkeit. Das ist Kommunikation.

„O.K.", sagte sie. „Ich komme gegen 15 Uhr wieder vorbei." Merit stand auf und verließ das Büro. Sie fühlte sich hundeelend. Ihre Muskeln waren schwer und ihr Kopf schmerzte. Doch nur wenige Schritte weiter befand sie sich wieder im luxuriösen Schein des Kreuzfahrtschiffes und nahm automatisch ihre offizielle Haltung ein. Sie schaffte es sogar, ordnungsgemäß zu lächeln als ihr einige Passagiere entgegenkamen. Nichts ließ darauf schließen, dass irgendjemand etwas vom Tod eines Gastes mitbekommen hatte. Gott sei dank, dachte Merit. Diese Aufregung, wenn nicht gar Panik, wollte sie auf dem Schiff nicht erleben. Die Menschen würden durchdrehen. Auch wenn die „Wind of Dreams" groß war, konnte niemand sie einfach verlassen.

Diese Erkenntnis traf Merit wie ein Schlag ins Rückenmark. Niemand, dachte sie. Auch nicht der Mörder. Daran hatte sie noch überhaupt nicht gedacht. Wenn Nico wirklich ermordet worden war, dann hatte das auch jemand getan. Einer von ihnen, einer vom Schiff. Aber wer? Kannte sie ihn? Gänsehaut überlief ihre Arme und sie spürte ein unangenehmes Ziehen im Kiefer, so als hätte sie nach dem Zähneputzen in eine Olive gebissen. Was sollte sie jetzt tun? Zu wem konnte sie gehen?

Merit klopfte an die Tür der Kabine 215. Bitte, Charly, mach auf, betete sie. Doch es tat sich nichts. Verzweifelt lehnte sich Merit gegen die Kabinentür. Sie konnte nicht mehr. Sie fühlte sich schwach und wusste nicht weiter.

„Na, na, na! Wer wird sich denn so hängen lassen?" Charly kam den Gang entlang. Als er ihr bleiches Gesicht sah, beschleunigte er seine Schritte, schloss die Kabine auf und schob Merit hinein. „Was ist passiert?", fragte Charly. „Du siehst aus, als wäre dir ein Wassergeist begegnet." Merit rutschte aufs Sofa. Ihr schwerer Körper sank tief und immer tiefer in die weichen Kissen hinein. Ruhe. Sicherheit. Schweigend saß sie da und atmete. Mehr nicht. Mehr war nicht notwendig. Charly hatte es sich auf einem der Sessel gemütlich gemacht und checkte Nachrichten auf seinem Smartphone. Er drängte Merit nicht. Sie war ihm unendlich dankbar. Unendlich dankbar dafür, dass er da war. Und unendlich dankbar dafür, dass Charly einfach Charly war. Mal wieder.

Charly legte sein Handy zur Seite. „Whisky?", fragte er. Doch die Antwort wartete er nicht ab. Er ging zur Minibar und goss Merit einen doppelten Single Malt auf die Eiswürfel, die er in ein Glencairn Glas gefüllt hatte. Er hielt Merit das Glas hin und sie nahm es mechanisch entgegen. Ihre Hand schien das schwere Glas nicht halten zu wollen, deshalb trank sie schnell. Schon mit dem ersten Schluck breitete sich die wohltuende Wärme des Whiskys in ihrem Körper aus. Sie fühlte sich augenblicklich belebt. Konnte langsam wieder klare Gedanken fassen.

„Charly", begann Merit. „Ich darf sicherlich überhaupt nicht darüber sprechen." Charly sah sie an.

„Kein Problem", sagte er. „Erzähl es mir oder erzähl es mir nicht. Das bleibt dir überlassen. Ich werde jedenfalls niemandem gegenüber ein Wort darüber verlieren, versprochen." Merit fühlte sich besser. Beweglich. Warm und erleichtert.

„Danke, Charly. Ich werde es dir erzählen. Du glaubst nicht, was passiert ist." Merit nahm noch einen Schluck von dem Whisky. „Mein Stammkunde ist ermordet worden. Und ich stecke mittendrin." Keine Reaktion.

Wie das? Charly konnte doch in dieser Situation unmöglich auf eine Reaktion verzichten, dachte Merit. Sie wusste einen Moment lang nicht, was sie von Charlys Benehmen halten sollte. Er saß regungslos da. Dann bewegten sich immerhin seine Augen. Er sah sie an, ungläubig. „Was hast du damit zu tun?", fragte er.

„Na ja, nichts natürlich!"

„Und wieso steckst du dann mittendrin?"

„Ich habe ihn gestern Abend zu seiner Kabine gebracht, weil er so betrunken war. Das ist alles. Da habe ich ihn wohl als Letzte offiziell gesehen und er war sehr lebendig, das kannst du mir glauben."

„Natürlich glaube ich dir. Wer tut das denn nicht?"

„Ich war heute schon beim Borddetektiv. Aber der hat mich eigentlich nur vor Annabelle und Burke gerettet. Die haben mich angeschaut, als sei ich eine Mörderin. Auch Mel und Kira spielen verrückt. Mel schon gestern. Ich glaube, die haben sich auf mich eingeschossen."

„So ein Quatsch. Es gibt überhaupt keinen Grund dafür, dich zu verdächtigen. Die sind bestimmt needy und kommen nicht klar."

Merit lächelte. Das war Charly. „Du bist lieb", sagte sie.

„Ich sage nur die Wahrheit. Keiner der bei Verstand ist, wird dich verdächtigen. Und der Detektiv wollte bestimmt mit dir sprechen, weil du viel Zeit mit deinem Kunden verbracht hast. Wer hat das sonst hier an Bord?"

„Vielleicht hast du Recht." Merit war jetzt ehrlich erleichtert.

„Hast du erzählt, dass er so komisch war? So nervös?"

„Ich habe angedeutet, dass man sich das erzählt. Ich habe das ja nur von dir gehört, wollte dich aber nicht mit hineinziehen."

„Ach was, das darfst du ruhig. Mir kann hier keiner was. Und so bekomme ich doch endlich etwas Ablenkung – ich meine Abwechslung."

Merit horchte auf. Was war das für ein freudscher Versprecher gewesen? Wovon brauchte Charly eine Ablenkung? Ihr fiel wieder ein, dass sie schon vor Tagen den Eindruck hatte, Charly fühle sich an Bord nicht wohl. Sie beschloss, es für diesen Moment gut sein zu lassen, nahm sich jedoch zugleich vor, diesen Umstand nicht wieder zu vergessen. Vielleicht konnte sie Charly helfen. Es wäre schön, sich endlich einmal für seinen Beistand zu revanchieren.

„Du brauchst Abwechslung? Dann weich mir nicht mehr von der Seite. Ich habe seit einer gefühlten Ewigkeit mehr als genug Durcheinander in meinem Leben. Ich teile gern."

„Abgemacht. Nimmst du mich auch mit zu diesem Detektiv?"

„O.K. dann treffen wir uns um Viertel vor drei an der Rezeption und gehen zusammen zu ihm. So, nun muss ich aber wirklich wieder los. Ich weiß überhaupt nicht, wie es hier jetzt für mich weitergeht. Und es wird doch sicherlich auch eine Crew-Besprechung geben. Ich möchte das nicht verpassen. Auch wenn ich die Begegnung mit den Kollegen noch immer fürchte."

„Ich bringe dich", sagte Charly. „Ich möchte nicht, dass dir auf dem Weg zur Arbeit etwas passiert."

Die Crew-Messe war gerammelt voll, die Luft stickig und die Atmosphäre aufgeladen. Das Stimmgewirr verstummte in dem Moment, in dem Burke auf dem improvisierten Podium erschien. „Liebe Kollegen, wie ihr sicherlich alle schon gehört habt, ist etwas Schreckliches an Bord geschehen. Gestern Nacht, nach unserem üblichen Highlight-Event, ist einer unserer Platin-Reisegäste verstorben. Er wurde getötet. Wir wissen weder von wem noch warum." Burke legte eine Atempause ein. Kaum jemand regte sich. „Für uns Crew-Mitglieder besteht somit Alarmstufe Drei. Ihr wisst, was das bedeutet. Wir proben jeden Alarmstatus jährlich, jetzt gilt es diese Kenntnisse und Verhaltensweisen anzuwenden. Es ist ernst. Unter uns weilt ein Mörder. Wir wissen nicht, wer es ist und wir wissen nicht, warum er getötet hat. Es kann also jederzeit wieder geschehen." Wieder ließ Burke seine Worte wirken, dieses Mal war es offensichtlich eine rhetorische Pause. „Ihr findet alle Informationen und Kodizes zur Alarmstufe Drei noch einmal zusammengefasst in unserem Help-Flyer, der gerade herumgereicht wird. Sperrt Augen und Ohren auf, kontaktiert Annabelle oder mich, wenn euch etwas Verdächtiges auffällt. Der Schutz unserer Reisegäste hat oberste Priorität." Burke trat einen Schritt zurück.

Annabelle betrat das Podium. „Ihr Lieben, die Situation ist furchtbar, doch ich bin mir sicher, dass wir sie mithilfe unserer erprobten Alarmstatus-Regeln gut meistern werden. Ab jetzt solltet ihr nur noch in Sichtweite eurer Kollegen unterwegs sein. Bleibt ruhig und freundlich – wie immer. Die Gäste dürfen euch keine Aufregung anmerken. Unsere Bord-Security ist bereits verstärkt worden und unsere Ermittler arbeiten Tag und Nacht. Wir tun alles dafür, um die Sache schnellstmöglich aufzuklären und den Alarmzustand wieder zu beenden. Wir tun auch alles, was in unserer Macht steht, um eure Sicherheit zu gewährleisten. Ich bitte euch dieser Tage dennoch: Passt gut auf euch auf!"

Merit war der Ernst der Lage absolut bewusst – immerhin war sie in die Entwicklungen des Unheils unauflöslich verstrickt. Doch Annabelles Rede beruhigte sie innerlich. Es waren nicht unbedingt ihre Worte gewesen, doch ihre Chefin selbst war ruhig geblieben. Sie ließ sich keine Nervosität oder Angst anmerken, ihr Ausdruck war lediglich ernst. Das tat gut. Annabelle hatte auch nichts von ihrer menschlichen Wärme verloren, ganz im Gegensatz zu Burke, der wie eine programmierte Maschine wirkte. Merit nahm sich einen der Help-Flyer und studierte die darin verzeichneten Abläufe. Sie hatte zwar mit ihrem Arbeitsvertrag ebenfalls eine kurze Einweisung in die Alarmstufen erhalten, doch richtige Proben an Bord führten nur die festen Mitarbeiter durch. Sie war jedenfalls froh, dass sie ihre Panikattacke bereits hinter sich hatte. Jetzt gab es konkrete Verhaltensanweisungen, an die sie sich halten konnte. Das verlieh ihr Sicherheit. Zumal sie Charly an ihrer Seite wusste. Er würde sie bestimmt auch nicht mehr aus den Augen lassen.

Merit fühlte sich wieder wohl in ihrer Haut. Mehr noch, sie war startklar. Ein Kribbeln in ihren Muskeln signalisierte ihr Aufbruch. Es lagen aufregende Tage vor ihr und sie war gerüstet. Punkt 14.45 Uhr traf sie Charly an der Rezeption. „Komm mit", sagte sie. „Ich zeige dir jetzt die Abseiten dieses Luxusliners!" Charly folgte ihr durch die Gänge, die Merit heute morgen zurück in die glamouröse Atmosphäre der „Wind of Dreams" geführt hatten. Jetzt wurde das Ambiente immer karger. Funktionaler. Es glich dem Flair eines Abstellraums. Kein Mensch war mehr zu sehen. „So viel dazu, dass wir uns immer in Sichtweite zu unseren Kollegen aufhalten sollen", murmelte Merit. Sie blieb stehen. „Wir sind da", sagte sie laut.

Mick Martins saß hinter seinem Schreibtisch und schaute seine Besucher unverwandt an. Er schien keinerlei Erwartung zu hegen. Komisch, dachte Merit. Wie kann man so neutral wirken? Martins war freundlich, ja. Aber ob sie nun da waren oder nicht, es hatte keine Auswirkungen auf seinen Gemütszustand. Dabei war sich Merit sicher, dass sie ihm helfen konnten. Schließlich lieferte sie ihm mit Charly einen maßgeblichen Ermittlungsbeitrag.

„Hallo. Ich bin Karl Richtmann. Frau Hanson erzählte mir, dass Sie Interesse an meiner Aussage über Nico Offenbächer haben."

„Nehmen Sie Platz. Sehr freundlich, dass Sie zu mir gekommen sind. Sie hatten Kontakt zu Offenbächer?"

„Nicht direkt. Aber er hatte im Restaurant den Tisch neben mir. Ich habe ihn jeden Abend gesehen."

„Erzählen Sie mir von Ihren Beobachtungen."

„Er war sehr nervös. Telefonierte viel. Manchmal war er kreidebleich und seine Hände zitterten. Am Telefon diskutierte er heftig und aufgeregt."

„Konnten Sie verstehen, worum es ging?"

„Nein. Er hat trotz allem immer sehr leise gesprochen. So weit es ging, hat er sich auch abgeschirmt."

„Ist Ihnen außer dieser Grundstimmung noch etwa aufgefallen? Gab es außergewöhnliche Verhaltensweisen?"

„Nein, eigentlich nicht. Na ja, außer dass es halt für ihn außergewöhnlich war, wenn er guter Stimmung war. Das kam eigentlich nur zwei Mal vor. Das eine Mal war er entspannt und konnte den Abend genießen. Das andere Mal war er geradezu in Hochstimmung."

„Wann war das?", fragte der Borddetektiv.

„Dass er sich normal verhalten hat, war direkt am zweiten Abend an Bord. Die übertrieben gute Laune hatte er vorgestern."

„Wie äußerte sich seine gute Laune?"

„Er strahlte und bestellte Champagner. Sein Telefongespräch verlief freudig. Ein- oder zweimal wurde er dabei auch laut. Also, für seine Verhältnisse laut. Er fing sich dann gleich wieder und sprach wie sonst im Flüsterton weiter."

„Gibt es sonst noch etwas, was Sie mir über Nico Offenbächer erzählen können?"

„Nein, das war es schon. Weitere Berührungspunkte hatten wir nicht."

„Ihre Beobachtungen liefern mir erste Anhaltspunkte. Vielen Dank. Melden Sie sich, wenn Ihnen noch etwas einfällt." Er reichte Charly eine Visitenkarte. „Auch Ihnen vielen Dank dafür, dass Sie Herrn Richtmann gleich zu mir geführt haben, Frau Hanson. Es wäre schön, wenn Sie mir jetzt von Ihrer Zusammenarbeit mit Nico Offenbächer erzählen würden. Die Frage ist allerdings, ob Sie Herrn Richtmann zunächst wieder in den Gästebereich geleiten möchten?"

„Wäre es möglich, dass er bleibt? Ich kenne Herrn Richtmann bereits einige Jahre und habe größtes Vertrauen. Er wird nichts ausplaudern. Und mir ist einfach wohler, wenn er hier ist. Außerdem muss ich dann später nicht allein zurückgehen", sagte Merit.

„In Ordnung. Aber es ist von größter Wichtigkeit, dass die anderen Gäste nichts von dieser Angelegenheit erfahren", sagte Martins zu Charly gewandt. „Eine Panik auf dem Schiff fordert mehr als einen Toten." Charly nickte.

„Dann mal los, Frau Hanson. Erzählen Sie mir alles über Offenbächer, das Ihnen einfällt. Sie sind mein Medium. Ich habe keine Möglichkeit, mir selbst ein Bild über seine Person zu machen." Merit nickte. Sie begann zu erzählen und zu ihrer eigenen Verwunderung sprudelte es nur so aus ihr heraus. Sie erzählte sich alles von der Seele. Sogar seinen Charakter beschrieb sie detailliert. Mick Martins hörte aufmerksam zu, nickte gelegentlich oder sah sie fragend an, wenn er nach weiteren Informationen verlangte. Er sprach kein Wort, sondern tippte lediglich einige Notizen in seinen Laptop, während Merit sprach.

Nach fast drei Stunden fühlte sich Merit verschwitzt und unendlich erleichtert. Endlich hatte ihre Seele Ballast abgeworfen, endlich hatte sie die richtigen Worte für Offenbächers Personal Notes gefunden.

Merit überließ sich der Ruhe ihrer Kabine. Sie fühlte sich ausgelaugt. Der Tag war mit seinen emotionalen Berg- und Talfahrten auch körperlich anstrengend gewesen. Der Redemarathon über Offenbächer hatte zum Ende hin die letzten Reserven aus ihr herausgepumpt und ihre Erschöpfung ließ keine Empfindungen mehr zu – weder Ärger noch Aufregung oder Angst. Sie lag taten- und nahezu gedankenlos auf dem Bett bis sie in einen festen traumlosen Schlaf fiel.

Mit der Kraft des neuen Tages kam die Trauer. Das erste Mal realisierte Merit, dass Nico nicht mehr da war. Ein leiser Schmerz spann sich um ihre Brust. Auch wenn sie Nico nicht privat gekannt hatte, war sie doch immer gern zu ihm gegangen. Sie hatte seine kulante Art zu schätzen gelernt, er war ihr gegenüber immer klar und verlässlich gewesen. Ein wenig hatte er ihr auch Leid getan. Seine blauen Augen hatten ihren jugendlichen Ausdruck offenbar viel zu früh eingebüßt und nun hatten sie sich – erst recht viel zu früh – immerfort geschlossen. Merit wischte sich eine Träne aus den Augenwinkeln. Er hatte ihr vertraut. Er hatte sich an sie gewandt, als er, zwar betrunken, feststellte, dass er mit einem Problem nicht weiterkam. Was auch immer es gewesen sein mochte, Merit nahm sich vor, wenigstens jetzt für ihn da zu sein. Nico konnte niemand anderen mehr bitten. Ich helfe dir, dachte Merit, ich finde heraus, was da los war. Vielleicht finde ich sogar deinen Mörder. Und Charly wird mir dabei helfen. Verlass dich drauf!

„Charly, wir müssen Nicos Mörder finden", sagte Merit mit Nachdruck. „Ich will wissen, was da los war."

„Nun mal langsam", kam es von Charly zurück. „Dafür gibt es doch professionelle Spürnasen an Bord. Die werden

den Mörder schon finden. Und überhaupt, wie willst du das anstellen? Und warum?"

„Nico kam zu mir als er Hilfe brauchte. Ich bin es ihm schuldig."

„Merit, du schuldest ihm nichts. Wirklich nicht. Er wollte etwas Geschäftliches mit dir besprechen – betrunken, auf einer Party. Das ist alles. Wahrscheinlich kam ihm gerade eine gelungene Formulierung in den Kopf und du solltest sie dir bis morgen merken, weil sein Gehirn vernebelt war. Er konnte sich ja schon nicht mehr daran erinnern, was er von dir wollte, als er vor dir stand! Mach dir bitte keine Gedanken darum. Und noch viel wichtiger: Du bist ihm nichts schuldig. Punkt."

„Doch! Doch." Merit ließ nicht locker. „Ich spüre es genau. Nico brauchte Hilfe. Und er kam zu mir. Ich möchte ihm wenigstens jetzt helfen."

„Wobei denn um Himmels Willen?"

„Ich weiß nicht, was sein Problem war. Aber offensichtlich hat es zu seinem Tod geführt. Ich werde es nur herausfinden, wenn ich seinen Mörder finde. Und das Motiv kenne. Oder nicht?"

„Merit, es sind speziell dafür ausgebildete, hochqualifizierte Leute im Einsatz. Warum wartest du nicht einfach ab? Gib der Sache ein wenig Zeit und du wirst deine Antworten bekommen. Ohne jeden Stress. Und vor allem ohne Gefahr. Du hilfst allen am meisten, wenn du weiterhin deinen Job machst. Und wenn du ihn weiterhin so gut machst. Wenn jeder seine Aufgaben erledigt, kommen wir alle hoffentlich bald heil und unbehelligt aus dieser Situation heraus."

„Ich möchte aber nicht abwarten. Ich kann nicht einfach so tun, als gingen mich die Ermittlungen nichts an. Natürlich erledige ich meinen Job. Aber vergiss nicht, dass Nico mich für den Rest der Reise fast ausgebucht hat. Selbst wenn ich einige spontane Aufträge übernehme, habe ich noch Zeit. Nicos Zeit."

„Wie willst du das überhaupt anstellen? Und wie willst du das Annabelle erklären?"

„Ich erkläre überhaupt nichts. Meine Zeiten sind auf Nicos Arbeitgeber gebucht. Ich kann im Namen der Agentur weiterarbeiten. Sicherlich gibt es jetzt einiges aufzuarbeiten und zu organisieren. Das wird ganz selbstverständlich sein. Doch ich brauche mich auch nicht zu beeilen. Bevor wir in New York anlegen, passiert sowieso nichts."

„Du bist verrückt." Charly wischte sich den Schweißfilm von der Stirn. „Und dann? Was willst du machen? Du kannst nicht einfach herumlaufen und Leute befragen. Das Ganze muss doch geheim bleiben. Und Mick Meisterdetektiv wird sicherlich auch etwas dagegen haben, wenn du anfängst, dich einzumischen."

„Der wird es gar nicht merken. Seit wann bist du so ein Schisser? Warum interessieren dich Martins und Annabelle?"

„DU interessierst mich. Ich möchte nicht, dass du dich in Gefahr begibst. So einfach ist das."

„Ich bin vorsichtig. Versprochen." Merit zögerte. „Und", sie legte eine Pause ein.

„Und?"

„Ich bin ja auch nicht allein."

„So?"

„Ich hab doch dich an meiner Seite." Merit wartete kurz ab. „Hab ich doch, oder?"

„Ach du Scheiße. Wie komme ich denn jetzt aus der Nummer wieder raus?"

„Du hast doch selbst gesagt, dir fehlt die Abwechslung. Und vier Augen beobachten mehr als zwei. Zumal du nach außen hin keinen formellen Job zu erledigen hast. Zusammen haben wir viel mehr Zeit."

„Zusammen also. Das steht für dich wohl schon fest. Ob ich möchte oder nicht, wie?"

„Ach Charly." Merits Stimme wurde sanft. „Sieh es doch als Abenteuer. Wir sind nun einmal in diese Geschichte hineingeraten, jetzt können wir auch etwas Sinnvolles beisteuern."

„Wie sinnvoll das ist, wird sich noch zeigen", murmelte Charly.

„Dann bist du dabei?"

„Hab ich eine Wahl?"

„Nein."

„Dann ist es wohl so."

„Danke Charly!" Merit jubelte. „Das bedeutet mir viel."

„Ich werde nichts Gefährliches unternehmen. Und nichts Illegales. Und ich passe auf, dass du es auch nicht tust. Benimm dich. Und sei vorsichtig."

„Versprochen."

„Was machen wir jetzt?"

„Frühstücken."

Merit und Charly verließen Kabine 215 und gingen nach wenigen Metern ihrer eigenen Wege. Charly in Richtung des Bord-Restaurants, Merit bog zur Crew-Messe ab.

In der Crew-Messe traf Merit auf Burke. Sie zuckte, als sie ihn bemerkte. Seit Stunden hatte sie überhaupt nicht mehr an Burke gedacht. Und jetzt stand er unvermittelt neben ihr. Nah. Und nahbar. Die Stahlmauer um ihn herum war nicht mehr da. Als hätte es nie eine Barriere zwischen ihnen gegeben. „Essen wir zusammen?", fragte Burke.

Merit zögerte, doch ihr fiel kein passender Grund ein, aus dem sie ablehnen könnte. „In Ordnung", sagte sie.

„Wie geht es dir", fragte Burke als sie sich an einem Tisch gegenübersaßen. Das üppige Frühstück zwischen ihnen sorgte für eine natürliche Distanz, die Merit lieb war. Wie soll es mir gehen, hätte sie gern flapsig geantwortet. Aber ihr Verhältnis zu Burke war auf so vielen Ebenen kompliziert, sodass sie sich für eine höfliche Kommunikation, quasi geschäftlichen Smalltalk entschied.

„Danke, es geht. Die Aufregung ist ja nicht ohne. Wie geht es euch, wie laufen die Ermittlungen?"

„Dich hat die Aufregung wohl am schlimmsten getroffen. Dein Zusammenbruch war furchtbar." Es lag die alte Wärme in seiner Stimme. „Ich hoffe wirklich, dass es dir besser geht."

„Das tut es." Sie wich seinem mitfühlenden Blick aus. Woher kam das jetzt? Wollte er sich einschmeicheln?

„Wir wissen auch nichts Neues." Burke fuhr fort: „Es liegt in Annabelles und meiner Verantwortung, dass die Bord-Security aktiv ist und dass auch sonst alle der angesagten Alarmstufe folgen. Wir sind die Sicherheitsbeauftragten auf der ‚Wind of Dreams'. Doch wirklichen Einfluss haben wir nicht. Nicht einmal die Ermittlungsinformationen laufen bei uns zusammen. Detektei und Brücke kommunizieren direkt miteinander."

„Und zu den Ermittlungen tragt ihr selbst nichts bei?"

„Nein, nicht direkt. Natürlich halten wir unsere Augen offen und stehen Martins zur Verfügung. Aber mehr können wir nicht tun." Merit schnaubte verächtlich. Sie wollte es nicht, aber sie nahm Burkes professionellen Abstand zu Nicos Tod persönlich. Er schien zu spüren, dass sie ihn angehen wollte. „Vielleicht sollten wir uns noch einmal an einem ruhigeren Ort zusammensetzen. Was meinst du?"

„Warum?" Es klang schnippischer als Merit beabsichtigt hatte.

„Warum?", wiederholte Burke. „Na mich würde zum Beispiel brennend interessieren, warum du nicht wusstest, dass der Schmuck von mir kam." In seinen Augen loderte ein kurzes Feuer auf. „Wie viele Liebhaber hast du?"

„Liebhaber? Wohl nicht einen." Das hat gesessen, dachte Merit. Mit einem Lidschlag zog sich ein transparenter Schutz über Burkes Augen, der keinerlei emotionale Regung mehr erkennen ließ. Das war's, dachte sie, er ist wieder auf Abstand, da wo er hingehört. Sie ignorierte das leise Störsignal in ihrem Inneren, das sie eigentlich daran erinnert hätte, dass die Geschichte mit Burke für sie noch keineswegs abgeschlossen war. Doch er war in dieser Beziehung ehrlicher zu ihr als sie zu sich selbst. Sie wollte nicht. Es war zu viel.

„Ich muss wieder los", sagte Merit. „Die Angelegenheiten der V&C Group müssen trotz allem geregelt werden." Sie legte ihre Serviette beiseite und stand auf. „Bis später."

„Bis später", antwortete Burke. Er klang gelassen.

Merit nahm sich die Akten vor. Alle Unterlagen, ob offizielles Schreiben oder Klebezettel-Notiz, die Nico oder die V&C Group betrafen, lagen vor ihr auf dem Pult.

„Krass oder?" Es waren Mels erste an Merit gerichtete Worte nach dem Intermezzo auf der Party. Seither hatten sie sich kaum gesehen und wenn auch kaum beachtet. Merit hatte nicht damit gerechnet, von Mel angesprochen zu werden. Sie hatte auch keine Lust so zu tun, als sei zwischen ihnen alles in Ordnung. Denn so krass Nicos Tod und die daraus folgenden Umstände tatsächlich waren, Mel hatte Merit zuvor übelste Vorwürfe gemacht. Es war ein großes Glück, dass Mel ihr die Szene vor dem Eingang und nicht im Festsaal selbst gemacht hatte, sonst wäre die Gerüchteküböse bereits übergekocht. Der Mord hat Merit vor weiteren Verleumdungen verschont. Wenigstens vorerst.

„Mel, ich habe keine Zeit für dich", sagte Merit. Sie klang so kühl wie sie es meinte. Sie interessierte sich tatsächlich gerade so wenig für Mel, dass sie nicht einmal aufschaute, um Mels Reaktion auf ihre Abweisung wahrzunehmen. Ihre Konzentration galt allein den vor ihr liegenden Akten. Seite für Seite, Zettel für Zettel ging sie die Papiere durch und notierte sich alle Merkwürdigkeiten und Fragen auf den hinteren Blättern eines DC-True-Blocks. Anschließend ergänzte sie die Liste mit Erinnerungen und Eindrücken. Sie sah auf die Uhr. Schon fast vier Uhr. Die letzten Stunden waren im Nu verflogen. Sie hatte sich mit Tunnelblick auf die Auffälligkeiten in Nicos Unterlagen, in seinem Verhalten und seinem Wesen fokussiert. Jetzt betrachtete sie ihre Liste und stellte fest, dass sich ihre Notizen im Wesentlichen auf drei Auffälligkeiten beschränkten: Die

V&C-Betrugsgeschichte, Nicos Verhalten beim Abendessen und die sonderbare Äußerung, er hätte seine Frau an Bord gesehen. War letzteres schon eine Auswirkung des Atropins, rief es vielleicht Halluzinationen hervor? Wann wurde es ihm verabreicht? Vielleicht war sein Schicksal schon besiegelt, als sie ihn in seine Kabine brachte? Merit schauderte. Sie wusste einfach zu wenig über die Verabreichung und die Wirkung des tödlichen Gifts. Vielleicht konnte sie von Martins etwas erfahren. Doch sie brauchte einen Vorwand, um ihn zu treffen. Und einen, um ihn nach den Details zu fragen.

„Herein!" Martins blickte Merit entgegen und bot ihr emotionslos an, Platz zu nehmen. Er war die Neutralität in Person, dachte Merit. Nie unfreundlich, aber willkommen fühlte man sich auch nicht gerade. „Möchten Sie ihren gestrigen Bericht ergänzen?", fragte Martins.

„Mm, nein. Nun ja. Nein, eigentlich nicht." Merit stotterte fast. Warum brachte sie diese Neutralität so aus dem Konzept? Unter Detektiven schien es nicht üblich zu sein, kollegial auf einen Kaffee vorbeizuschauen. Na ja, genau genommen weiß er ja auch nicht, dass wir so etwas wie Kollegen sind, dachte Merit. Und mittlerweile war sie fast genauso scharf auf einen Kaffee aus seiner French-Press wie auf die Tötungsdetails.

„Ich habe Kuchen mitgebracht." Martins wässrig-blaue Augen wirkten belustigt. Sie kam sich plötzlich sehr albern vor. Wie ein Groupie. Oder ein Gaffer am Straßenrand. „Wir sind doch Kollegen auf dem Schiff. Und Sie sitzen so weit ab vom Schuss, da dachte ich", sie hielt inne. Jeder höfliche Mensch hätte ihr jetzt mit einem freudigen Dankeschön aus der Situation geholfen. Nicht so Martins. Er sah sie einfach nur an. Oh Gott, vielleicht mag er mich auch einfach nicht, dachte Merit. Ich sollte gehen. Merit stellte die beiden Stücke Erdbeerkuchen auf seinen Schreibtisch.

„Was wollen Sie wissen?"

„Was soll ich wissen wollen?"

„Immer, wenn mir jemand etwas vorbeibringt, möchte er etwas wissen. Also spucken Sie schon aus. Welche Frage beschäftigt Sie?"

„Na ja, zum Beispiel, ob Sie Erdbeeren mögen?"

„Erdbeeren ja, Kuchen nein. War es das?"

„Eigentlich hatte ich auf einen Kaffee gehofft. Sie dürfen die Erdbeeren auch herauspicken."

„Kaffee. So so. Gibt es bei euch da oben etwa keinen mehr?"

„Keinen aus einer French-Press." Immerhin. Das Gespräch verlief jetzt wahrheitsgemäß. „Wobei störe ich Sie gerade?" Merit kam sich bei dieser Frage dreist vor, doch wenn sie nicht mit eingekniffenem Schwanz hier herausschleichen wollte, musste sie in die Offensive gehen.

„Ermittlungen."

„Am Schreibtisch?"

„Wo denn sonst?"

„Müssen Sie nicht hinausgehen? Mit den Leuten sprechen? Tatorte besichtigen? Tatvorgänge nachspielen?"

„Und damit jeden einzelnen Passagier darauf aufmerksam machen, dass ein Mord geschehen ist?"

„Was tun Sie dann?"

„Ich recherchiere. Ich sammle die Fakten, führe Interviews, werte Berichte aus und ziehe Schlussfolgerungen. Mit etwas Glück kann ich nach einer Weile eine Art Täterprofil erstellen und die verdächtige Person daraufhin überführen."

„Mit Schreibtischarbeit?"

„Ja. Ganz genau."

„Das wirkt so normal."

„Ist es auch. Detektivarbeit ist reine Fleißarbeit."

„Spannend wird es aber doch sicher, wenn Sie den Täter stellen?"

„Das ist Sache der Polizei. Meine Arbeit endet, wenn wir wissen, wer der Täter ist."

„Und wenn kein Mord passiert wäre? Was täten Sie dann den ganzen Tag? Ich habe Sie auf dem Schiff vorher nicht gesehen. Bei keinem Crew-Treffen, nicht beim Essen, nirgends."

„Vielleicht haben Sie mich ja übersehen?"

Merit errötete. „Nein, ich –"

„Ich arbeite und esse abseits. Das gehört zum Job. Mich soll niemand wahrnehmen. Und wenn kein Mord passiert wäre, säße ich genauso wie jetzt am Schreibtisch und würde an anderen Fällen arbeiten. Wenn man mich ließe."

Merit wurde wieder rot. Sie hatte sich aufgeführt wie ein kleines Mädchen. „Es tut mir leid, dass ich Sie gestört habe", sagte sie und wollte aufstehen.

„Warten Sie. Ich glaube, Sie hatten einen Grund. Was beschäftigt Sie?" Merit hielt inne. Sie fing sich wieder und beschloss, so ehrlich und direkt zu sein, wie es ging.

„Nun ja", sagte sie. „Ich habe mich gefragt, wann Nico das Gift wohl eingenommen hat. Und bei welcher Gelegenheit. Kann es sein, dass es schon wirkte, als er mich auf der Party ansprach? Vielleicht war er gar nicht betrunken. Oder zumindest nicht so sehr wie es den Anschein hatte."

„Ich glaube nicht, dass er das Atropin zu diesem Zeitpunkt schon intus hatte. Der Wirkstoff ruft zwar Halluzinationen hervor, doch eine tödliche Dosis wirkt normalerweise recht schnell und der Tod ereignete sich wohl in den frühen Morgenstunden. Und wenn ich den Alkoholspiegel im Blut Offenbächers betrachte, spricht einiges für ein ordentliches Zechgelage." Merit nahm die Informationen auf und versuchte sie mit ihrem Gefühl in Einklang zu bringen. Da war wohl ihre Fantasie mit ihr durchgegangen. Doch die Idee, seine Frau wäre an Bord, passte einfach nicht dazu, dass er lediglich betrunken gewesen sein soll. „Warum ist das wichtig für Sie?", fragte Martins.

„Bei dem Gedanken daran, dass er das Gift womöglich schon geschluckt hatte, als ich ihn zu seiner Kabine begleitet habe, war mir gar nicht wohl. Ich hätte etwas bemerken müssen, ihm womöglich helfen können."

„Garantiert nicht." Martins sagte es mit Nachdruck. „Sie hätten gar nichts tun können. Selbst wenn er das Atropin schon genommen hätte, wäre niemand so schnell auf die Idee einer Vergiftung gekommen. Die typischsten Symptome zeigen sich erst kurz vor dem Atemstillstand. Es ist fraglich, ob wir ihn überhaupt hätten stabilisieren können. Wahrscheinlich wäre er auch dann nicht lebendig im Krankenhaus angekommen. Machen Sie sich keine Gedanken." Das war nun schon der zweite Mann, der ihr heute sagte, sie solle sich keine Gedanken machen. Wie kann man sich bei so etwas denn keine Gedanken machen?

„In Ordnung", sagte sie. „Vielen Dank. Ich möchte Sie nicht länger stören."

„Kein Problem", sagte Martins. „Kommen Sie wieder. Dann trinken wir einen Kaffee." Merit sah in an. Sie konnte sich nicht entscheiden, ob sein Amüsement der möglichen Ironie oder ihrer Unsicherheit bezüglich seiner Aufforderung geschuldet war.

„Mache ich", sagte sie. Als sie die Tür hinter sich schloss, war sie froh, der lauernden Situation entronnen zu sein. Vielleicht war das Detektivspielen doch nichts für sie. Andererseits, dachte Merit, weiß ich jetzt mehr als zuvor. Fleißarbeit also! Eine angenehme Zufriedenheit breitete sich in ihr aus.

War das ein Schluchzen? Auf dem Weg von Martins zur Crew-Messe kam Merit am Fundus vorbei. Die Tür war angelehnt. Es klang als würde jemand leise weinen. Vorsichtig schob Merit die Tür ein Stückchen weiter auf. Sie lugte ums Eck und sah – Burke! Breitbeinig saß er da, den Kopf mit dem Gesicht auf seine Hände und die Ellenbogen auf die Knie gestützt. Tränen rannen über Wangen und Finger. Sie tropften auf den Boden. „Thomas", sagte Merit leise. „Tom?" Burke schaute auf. Durch einen Schleier aus Tränen sah er Merit an. Nichts stand zwischen ihnen. Merit setzte sich zu ihm, dicht an seine Seite, und schwieg. Burke schnäuzte in ein Taschentuch und schien sich langsam zu fangen.

„Er hieß Richard", sagte Burke. „Er war mein Bruder. Sie haben ihn eines Morgens am Rande eines Highways gefunden. Erschossen."

Merits Kehle zog sich zu. „Wie lange ist das her?", fragte sie.

„Nächsten Monat sind es fünf Jahre", sagte Burke. „Ich habe direkt danach bei der DC True angeheuert und versucht, das Ganze zu vergessen."

„Weißt du, was zuvor passiert ist? Wie konnte es dazu kommen?"

„Wer in den Staaten eine Waffe haben möchte, bekommt auch eine. Viele auf legale Weise. Doch Richard hatte sich auf dubiose Leute eingelassen. Es ging hauptsächlich um Spekulationen und Betrug. Mit der Zeit fühlte er sich nicht mehr sicher und besorgte sich auf dem Schwarzmarkt eine aussortierte Beretta M9. Ich habe ihn gewarnt. Sagte ihm, er könne bestimmt nicht damit umgehen, wenn er tatsächlich einen Menschen damit verletzen oder gar töten würde. Er lachte nur und tat das ab. Für ihn war die

Waffe ein Mittel zur Abschreckung. Er wollte für diese Leute kein Opfer sein, sie sollten Respekt vor ihm haben. Paradoxerweise fühlte er sich mit dem Ding sicher. Doch sie haben ihm eine Kugel in den Kopf gejagt. Aus seiner eigenen Waffe." Burke schwieg eine Weile. „Ich hätte besser auf ihn aufpassen müssen."

„Das war nicht deine Aufgabe", sagte Merit. „Aber ich glaube, ich verstehe verdammt gut, dass du dich verantwortlich fühlst."

Burke drehte den Kopf zu Merit. Er war wieder bei sich angekommen. „Der Mord an Bord hat mich aus dem Konzept gebracht", sagte Burke. „Ich hatte die Trauer und meine Schuldgefühle weit weg geschoben. Mit einem Mal waren sie wieder da, mit voller Kraft. Damit hatte ich überhaupt nicht mehr gerechnet. Ich war wie versteinert." Er hielt inne. „Deswegen konnte ich auch nicht für dich da sein", sagte Burke leise. „Das tut mir leid."

„Ist schon gut." Merit flüsterte fast. Sie genoss die Wärme seines Körpers, an den sie sich seitlich schmiegte. Sie genoss seinen Duft und die emotionale Nähe. Sie waren miteinander verbunden. Ohne dass der eine dem anderen überlegen war. Es verging Minute um Minute. Schließlich nahm Burke Merits Hand.

„Ich möchte das wieder gut machen." Merit spürte Burkes Atem an ihrem Ohr. Es kitzelte. Es kribbelte. „Sehen wir uns nachher? Besuchst du mich heute Abend?"

Merit sauste der Kopf. Das war eine klare Aufforderung zum Regelverstoß. Nicht, dass die vergangenen Ereignisse im Fundus konform gewesen wären, doch sie waren immerhin spontan passiert. Sie waren nicht geplant. Zumindest nicht von ihr. Jetzt bat Burke sie um ein Rendezvous. Quasi direkt um das dritte Date. Daran gab es keinen Zweifel.

„Du musst nichts wiedergutmachen", sagte sie ausweichend.

„Ich habe ab sieben Uhr frei. Ich warte auf dich. C60."

Mit einem Satz stand Burke auf und verließ den Fundus. Katzenhaft. Schon wieder. Sie saß da und wusste nicht, was sie mit dem unmoralischen Angebot anfangen sollte. Einerseits verriet ihr das angenehme Ziehen im Unterleib, dass sie Lust auf Burkes Körper hatte. Andererseits konnte sie das ihren Job kosten. Außerdem irritierte sie die Herzenswärme, die Burke in ihr ausgelöst hatte. Sie fühlte sich wie ein kleiner Hobbit, der nicht bereit für ein Abenteuer war. Sie wünschte sich jemanden an ihre Seite, der sie in diesen unsicheren Zeiten beschützte und nicht jemanden, der sie herausforderte. Und ja, in diesem Moment wünschte sie sich, dass es Burke wäre, der sie mit der ganzen Kraft seines gestählten Körpers durch die Wogen der rauen See trug.

Ein Geräusch holte Merit aus ihrer Versunkenheit. Schritte. Mehr ein Huschen. Jemand musste am Fundus vorbei Richtung Detektei gegangen sein. Oder geschlichen? Wer nahm diesen Weg? Vielmehr, wer wollte ihn unbemerkt nehmen? Noch dazu allein. Merit ging so leise sie konnte zur Tür und schlüpfte hinaus. Als sie um die Ecke blickte, sah sie schemenhaft, wie gerade jemand hinter der nächsten Abbiegung verschwand. Wer war das? Eine Frau? Aber welche? Die weiblichen Crew-Mitglieder kannte sie eigentlich. Und Gäste hatten hier unten nichts zu suchen. Doch so genau hatte sie den Schatten auch nicht erkennen können. Sollte sie hinterher gehen? Charlys Stimme erklang in ihrem Kopf. ‚Benimm dich. Und sei vorsichtig', hatte er gesagt. „In Ordnung Charly", murmelte sie. „Nichts Gefährliches." Und vielleicht hatte Martins ja ebenfalls einfach ein Privatleben. Merit drehte sich um und ging Richtung Office. Bis zum Abendessen war noch etwas Zeit. Sie wollte erneut ihre Notizen durchgehen und ein wenig Zeitung lesen.

„Mel?" Mel wollte nicht reagieren. Das konnte Merit deutlich an ihrem Gesicht ablesen. Doch als Kolleginnen im Dienst konnten sie sich nicht gänzlich ignorieren. „Mel, wo sind die neuen Zeitschriften? Und Zeitungen? Im Pressefach liegen nur die alten."

„Weiß ich auch nicht", entgegnete Mel und verließ das Office.

Seltsam, dachte Merit. Normalerweise war für Nachschub der alltäglichen Dinge immer gesorgt. Und die Lektüre der Tageszeitungen gehörte für die Office Girls sogar zur Pflicht. Sie mussten mitreden können, wenn ein Gast sie auf ein aktuelles Thema ansprach. Häufig war es auch der relevante Kontext ihrer Arbeit. Na ja, sie würde Annabelle bei Gelegenheit fragen. Jetzt konzentrierte sie sich erst einmal auf ihre Notizen über Nico. Sie sah die Unterlagen mindestens zum fünften Mal durch. Nicht, dass sie zwischenzeitlich etwas ergänzt hatte. Doch es war das Einzige, was sie hatte. Das Einzige, was sie auf die Spur der gesamten Geschichte bringen konnte, deren tragisches Ende sie bereits kannte. Doch es half nichts.

Sie musste einen Weg finden, um an neue Informationen zu gelangen. Vielleicht wäre es klug, sich mit der V&C-Zentrale in Verbindung zu setzen. Es wäre sicherlich hilfreich zu wissen, was hinter den Abmahnungen steckte, die sie für Nico verfasst hatte. Doch mit welcher Begründung hätte sie so eine Frage stellen können? Annabelle steckte den Kopf zur Tür hinein und unterbrach Merits Gedanken.

„Hier steckst du", sagte sie. „Geht's besser?"

„Ja, danke", sagte Merit. „Alles wieder gut. Es war nur etwas viel auf einmal. Bitte entschuldige die Mühe, die ich euch bereitet habe."

„Spinnst du? Ich bin heilfroh, dass dir nicht mehr passiert ist und dass du jetzt wieder gut beieinander bist. So etwas steckt man nicht so leicht weg. Und der dauerhafte Alarm-Zustand macht es auch nicht leichter, sich von dem Schock zu erholen." Annabelle stand mittlerweile vor Merits Arbeitsplatz. „Ich bin jedenfalls froh, dass du wieder Farbe im Gesicht hast und weitermachst. Wie läuft die Arbeit? Brauchst du etwas?"

„Es läuft gut, danke. Ich bin hauptsächlich mit den Nachbereitungen von Nico Offenbächers Unterlagen für seinen Arbeitgeber beschäftigt. Ich fürchte, das könnte noch etwas dauern."

„Kein Problem. Du bist für diesen Kunden freigestellt. Lass dir Zeit. Den Rest können die anderen übernehmen. Das hier ist wichtiger."

„Vielen Dank", sagte Merit. „Annabelle, eine Kleinigkeit noch. Weißt du, warum wir keine aktuellen Zeitungen hier haben? Ich bin noch nicht dazu gekommen, welche an der Rezeption zu besorgen. Normalerweise werden wir doch beliefert, oder?"

„Ja, normalerweise schon." Annabelle machte eine Pause. Sie schien zu überlegen. Dann fasste sie einen Entschluss. „Du steckst in dieser Geschichte tiefer drin als alle anderen. Deshalb werde ich dich einweihen. Aber du darfst mit wirklich niemandem darüber sprechen. Ist das klar?"

„Natürlich!" Merit war gespannt. Was hatten die fehlenden Zeitungen mit Nicos Tod zu tun?

„Du wirst auf dem ganzen Schiff keine einzige aktuelle Ausgabe einer Zeitung oder Zeitschrift finden. Wir haben auch dafür gesorgt, dass niemand Handyempfang hat oder ins Internet kommt. Zumindest vorübergehend. Bis wir in der Nähe eines Hafens sind, den wir notfalls ansteuern könnten."

„Was ist denn passiert?"

„Ich weiß nicht genau, wie es passieren konnte, doch wir haben offensichtlich einen Maulwurf an Bord. Die Medien berichten über den ‚Mord auf hoher See', wie sie es nennen. Die Titelseiten sind voll davon. Und sie enthalten erschreckend viele Tatsachen, die eigentlich nur der kleinste Kreis des Krisenteams kennen sollte."

„Ach du Schreck", sagte Merit.

„Du sagst es. Wir müssen um jeden Preis verhindern, dass die Informationen an Bord durchsickern. Einer Panik auf der ‚Wind of Dreams' halten wir nicht Stand."

„Und was glaubst du, wie lange können wir das verheimlichen?"

„Wenn wir Glück haben noch zwei Tage, dann kommen mehrere Häfen, die wir zur Not ansteuern können."

„Wer macht denn so was? Muss demjenigen nicht klar sein, dass er Menschenleben riskiert? Hat er selbst keine Angst vor einer Panik auf dem Schiff?"

„Ich weiß es nicht. Ich kann mir wirklich keinen Reim darauf machen. Irgendjemand weiß genauestens Bescheid. Entweder bekommt er viel Geld von der Presse oder", Annabelle sprach nicht weiter.

„Oder?"

„Oder es ist der Mörder selbst, der sich inszenieren will." Annabelle kniff ihre Lippen zusammen. Sie wurden fast weiß. Auch Merit war angespannt. Diese Erklärung war eine erschreckende Möglichkeit. Vielleicht spielte der Mörder ganz bewusst mit ihnen, mit dem Leben aller Menschen, die sich an Bord der „Wind of Dreams" befanden. Ein eiskalter Psycho, der sich an der Angst anderer erfreute. Oder der in einer Massenpanik auf offenem Meer einen Ausweg für sich sah. Merit schauderte es. Skrupellos war der Maulwurf in jedem Fall. Auch wenn es nur einer war, der absahnte, indem er Informationen verkaufte. Er musste doch wissen, was er damit anrichten konnte.

Merit fühlte sich extrem unwohl in ihrer Haut. Zum ersten Mal wurde ihr die lauernde Gefahr bewusst. Bislang war sie immer noch mehr oder weniger damit beschäftigt gewesen, das Geschehene zu verarbeiten. Jetzt hatte sie Angst davor, selbst in Panik zu geraten. Wo könnte sie dann hin? Wie könnte sie sich beruhigen? Das durfte einfach nicht passieren. Sie musste runterkommen. Durfte nicht weiter darüber nachdenken. „Merit, behalt die Nerven", mahnte sie sich selbst. „Lenk dich ab, denk nicht nach." Während diese Gedanken sie aufwühlten, hatte sie sich auf den Weg zu ihrer Kabine gemacht. Nach einer Weile bemerkte sie, dass sie nicht auf den Weg geachtet hatte. Sie befand sich zwar im Bereich der Crew-Kabinen, doch sie war an der letzten Ecke in den falschen Gang abgebogen. Vor ihr lagen die C40er-Kabinen. Ihr Verstand befahl ihrem Körper umzudrehen, doch sie lief weiter geradeaus. Inzwischen war sie bei den C50er-Kabinen angelangt. Ihre Füße liefen wie von selbst. Sie wurde schneller. Leichter. Vor C60 blieb sie stehen. Lauschte. Es war nichts zu hören. Sie klopfte. Mit einem Klack drehte sich das Schloss und die Tür ging auf. Im Inneren der Kabine war es dunkel. Sie schlüpfte hinein. Burke stand hinter der Tür. Er lächelte. Seine schönen weißen Zähne strahlten ihr entgegen. Sie fiel ihm sofort in die Arme. Er hielt sie fest, hob sie hoch und trug sie aufs Bett. Sie sank in die weichen Kissen und zog ihn zu sich. Er legte sich auf sie und sie genoss sein Gewicht auf ihrem Körper. Sie brauchte Nähe. Sie musste sich spüren. Er schob sich an ihre Seite, lag noch immer halb auf ihr drauf, und stützte den Kopf seitlich auf einer Hand ab. Er betrachtete sie. Er schien keinerlei Erwartung zu hegen. Er lag einfach da und schaute sie an. Sanft begann er mit seinen Fingerspitzen die Linien ihres Gesichts entlang zu fahren. Ihr Herzschlag beruhigte sich. Mit langsamen, tiefen Atemzügen sank sie immer tiefer in das Bett, die weichen Kissen und schließlich ins Reich der Träume.

Merit erwachte gegen vier Uhr in der Früh. Sie hatte tief und fest geschlafen. Jetzt fühlte sie sich ausgeruht. Burke lag schlafend neben ihr. Vorsichtig entzog sie sich seiner Umarmung. Sie wollte los. Sie konnte es kaum erwarten, mit Charly zu sprechen. Ihr ging der Schatten nicht aus dem Kopf, der sich Richtung Detektei geschlichen hatte. Außerdem wollte sie Charly warnen. Wenn der Mörder das perfekte Verbrechen, einen Massenmord via Panik auf dem Schiff, plante, wäre es besser, wenn Charly davon nicht überrascht werden würde.

Merit kletterte vorsichtig aus dem Bett, ohne Burke zu berühren. Sie schlich sich aus dem Zimmer und machte sich direkt auf den Weg ins Office. Um diese Zeit konnte sie sicher sein, dass sie das Büro für sich hatte. Dort würde sie den ersten Kaffee des Tages nehmen und sich um ihre derangierte Frisur und ihr Make-up kümmern.

Moment mal. Wie kamen die aktuellen Presseerzeugnisse denn normalerweise an Bord? Diese Frage schoss Merit in den Kopf, während sie ihre langen blonden Locken kämmte. Darüber hatte sie sich noch nie Gedanken gemacht. Wenn etwas an Bord kommen konnte, musste man doch auch wieder von Bord herunterkommen. Genauso wie die Leiche. Oder war sie noch auf dem Schiff? Merit schüttelte sich. Wahrscheinlich waren dafür Hubschrauber im Einsatz, dachte sie. Für das Wohlbefinden seiner Gäste war dem Luxusliner jedenfalls nichts zu teuer.

Mittlerweile war es 5.30 Uhr geworden. Charly, du hast jetzt genug geschlafen! Merit hatte einen Plan, Charly musste ran.

„Charly, wir müssen herausfinden, wer die Schatten-Frau ist." Charly rieb sich die Augen. Merit hatte ihn aus einem zwar leichten doch noch sehr nötigen Morgenschlaf gerissen. „Genau genommen bist du derjenige, der herausfinden muss, wer sie ist."

„Wie soll das denn gehen?" Er gähnte.

„Denk nach. Du hast keine Zeit, müde zu sein. Wir müssen handeln. Die Situation ist viel gefährlicher als du denkst!"

Merit erzählte Charly ausführlich von ihren Beobachtungen, von ihrem Gespräch mit Annabelle und endlich auch von Burke. Sie wollte keine Geheimnisse mehr vor ihm haben. Charly unterbrach ihre Erzählung nicht, doch seine Miene verfinsterte sich zusehends.

„Wir müssen stark bleiben", sagte Merit. „Eine andere Wahl haben wir nicht." Charly nickte. „Und wir brauchen einen Plan B. Wie retten wir uns, wenn hier die Welt untergeht?"

„Das müssen wir wohl auf uns zukommen lassen. Wir können nur vorsichtig sein. Vor allem dürfen wir dem Mörder keinen Anlass geben, seinen vielleicht rein präventiven Plan plötzlich in die Tat umzusetzen."

„Ich wünschte nur, ich hätte eine Anleitung, wenn es soweit kommt. Wenn ich wüsste, was ich zu tun hab, um eine reale Chance zu bekommen, aus dem Unheil herauszukommen, ginge es mir besser. Am liebsten würde ich schon jetzt von Bord gehen."

„Geht mir genauso. Wir müssen uns aber wohl oder übel mit der Situation abfinden. Vertrau einfach darauf, dass du weißt, was zu tun ist, wenn es soweit ist. Und bis dahin lenken wir uns ab. Wie soll ich diese Frau ausfindig machen?"

„Nun ja, wer sich einmal durch die Katakomben schleicht, tut es ja vielleicht wieder. Du könntest ihr auflauern. Sie vielleicht fotografieren. Dann finden wir bestimmt heraus, wer sie ist."

„O. K. Kann ich versuchen. Sonst noch was? Wenn nicht, würde ich jetzt gerne duschen."

Überrascht stand Merit auf. Sie fühlte sich durch Charlys Worte und durch seine plötzlich ablehnende Körpersprache förmlich aus der Kabine geschubst. Brauchte er sie jetzt nicht genauso wie sie ihn? Sollten sie nicht zusammenhalten und so viel wie möglich zusammenbleiben? Sie verfluchte sich dafür, Charly immer nur von ihren eigenen Problemen erzählt zu haben. Sie hatte doch bemerkt, dass es ihm nicht gut ging und seine Laune zusehends schlechter wurde. Irgendetwas stand zwischen ihnen. Doch jetzt war es zu spät, um Befindlichkeiten auszutragen oder gar tiefsitzende Emotionen hervorzuholen. Jetzt mussten sie konzentriert bleiben.

Merit blieb nicht viel anderes übrig, als ins Office zu gehen und so zu tun, als würde sie arbeiten. Auf gar keinen Fall wollte sie allein in ihrer Kabine sein. Burke war bei der Arbeit und Charly wollte sie offensichtlich nicht sehen. Als Merit das Büro betrat, hielt sie kurz inne. Kira hatte Dienst. Ausgerechnet. Sollten dies die letzten Stunden ihres Lebens sein, würde sie sie mit Kira verbringen, dem Perlhühnchen. Was soll's, dachte Merit, besser als allein. „Hallo Kira", sagte sie so freundlich wie sie konnte.

„Hallo."

„Viel zu tun?"

„Schon. Du bist im Tableau geblockt. Was machst du hier?"

„Ich arbeite V&C-Akten auf."

„Verstehe." Und damit wandte sie sich ab und vertiefte sich in ihre Arbeit. Na schön, dachte Merit, war ja nicht anders zu erwarten. Sie selbst begann mit einem Schreiben an die V&C-Geschäftsführung. Sie musste einfach mehr über diese Holländer und die Rumänen herausfinden. Unter dem Vorwand, sie wolle eine weitere Mahnung aufsetzen, das habe Nico Offenbächer vor seinem Tod in Auftrag gegeben, erbat sie nähere Informationen über die Umstände dieser Geschäftsbeziehungen, damit es ihr leichter fiele, selbstständig die passenden Formulierungen zu finden und dabei den richtigen Ton zu treffen. Die Post muss ja ebenfalls irgendwie von Bord gehen, dachte Merit. Am liebsten hätte sie den Brief persönlich überbracht.

Gegen 8 Uhr steckte Burke seinen Kopf durch die Office-Tür. „Merit? Martins möchte dich noch einmal sprechen."

„Jetzt?"

„Ja."

Merit stand auf und ließ Kira grußlos im Office zurück. Das Perlhühnchen hatte nicht einmal aufgeschaut. Kaum hatte Merit die Tür hinter sich geschlossen, packte sie jemand am Handgelenk und zog sie in die nächstgelegene Nische. „Burke, was machst du?"

„Ich musste dich sehen."

„Und ich muss zu Martins." Merit wollte sich losmachen.

„Musst du nicht", sagte Burke. „Gehen wir zusammen frühstücken?"

„Und was ist, wenn Kira auch gleich frühstücken geht und uns dort zusammen sieht? Blöde Idee, wirklich."

„Sie war heute schon frühstücken. Und mir ist auch egal, was Kira denkt."

„Mir nicht. Wenn sie plappert, haben wir den Salat. Das möchte ich nicht. Und alles nur wegen eines Frühstücks. Das Ganze wäre überhaupt nicht verdächtig, wenn du mich einfach gefragt hättest, ob wir zusammen frühstücken wollen. Jetzt muss ich eine ganze Weile warten, bis ich zurück ins Office kann."

„Du sollst ja auch nicht so schnell zurück. Ich möchte Zeit mit dir verbringen."

„Keine gute Idee. Nicht jetzt."

„Dann warte wenigstens kurz. Ich möchte dir etwas sagen." Burke nahm Merits Gesicht in beide Hände. Er küsste sie sanft auf den Mund und sagte: „Das war eine wunderschöne Nacht mit dir. Und egal, was hier passiert und wer von uns erfährt, ich gebe dich nicht wieder her. Ich möchte mit dir zusammen sein." Burke sah sie erwartungsvoll an.

„Gut. O. K.", antwortete Merit etwas verwirrt. Burkes gefühlvolle Offenbarung hatte sie überrascht, wenn nicht gar kalt erwischt. Waren sie jetzt ein Paar? Offiziell? Wollte sie das überhaupt?

„O. K.?", fragte Burke. „Mehr nicht? War das ein Ja?" Merit nickte.

„Ja", sagte sie. „Das war ein Ja. Aber jetzt muss ich los."

„Du muss los? Jetzt? Wohin denn? Bekomme ich keinen Kuss?"

„Doch natürlich." Merit küsste Burke. Es war schön. Sie waren sich nah, auch wenn die Schmetterlinge ausblieben. Sie fühlte sich sicher und geborgen in seinen starken Armen. „Aber jetzt muss ich wirklich weiter. Wir sehen uns bestimmt nachher."

„In Ordnung, schöne Lady. Lass mich nicht zu lange warten." Und wieder war Burke entschwunden, ehe sie sich versah. Doch Merit war mit ihren Gedanken genau so schnell wieder bei der Schatten-Frau. Und bei Charly. Im Büro hatte sie sich gut davon ablenken können, doch jetzt nahm sie ihre innere Unruhe wieder wahr. Sie fühlte sich einfach nicht wohl, wenn sie mit Charly nicht im Reinen war. Und sie wollte wissen, ob Charly die Schatten-Frau schon entlarvt hatte. Burke hatte ihr das perfekte Alibi dafür geliefert, sich auf den Weg in Richtung Detektei zu machen. Also ging sie los, um Charly in den Abseiten der „Wind of Dreams" zu suchen.

„Psst. Charly! Bist du da?" Merit flüsterte.

„Merit, was willst du?", kam es schroff zurück, ebenfalls im Flüsterton.

Merit ging zu der Ecke, hinter der die Worte erklangen. „Hast du sie schon gesehen?"

„Nein. Und ich glaube, ehrlich gesagt, auch nicht, dass sie um diese Uhrzeit hier herumschleichen wird, wenn sie etwas zu verbergen hat."

„Vielleicht doch. Sie muss ja auch irgendwann wieder zurück."

„Wenn sie das nicht schon längst wieder ist. Und wenn du hier jetzt noch länger herumstehst, kommt sie auf gar keinen Fall vorbei."

„Ist ja gut. Ich gehe."

Merit stapfte wütend zurück ins Büro. Wäre ihr jetzt ein Gast entgegen gekommen, hätte er kein kulant lächelndes Office Girl von Welt, sondern ein Mädchen mit verkniffenem Mund und zusammengezogenen Augenbrauen gesehen, das wohl versehentlich in eine Bord-Uniform geschlüpft war. Merit hatte ihre Gefühle nicht im Griff. Anstatt sich freudig dem Verliebtsein und Schwärmereien für den neuen, wahrlich attraktiven Mann an ihrer Seite hinzugeben, wusste sie nicht wohin mit ihrem Ärger. Alle aufgestauten Ängste schienen sich in Wut umgewandelt zu haben und bahnten sich nun ihren Weg nach draußen. Am liebsten hätte Merit eine der teuren Vasen, die das Foyer des Luxusliners zierten, in die Vitrinen der Goldschmiede geworfen. Es hätten nicht genug Scherben sein können. Blutige Scherben. Merit schmeckte das leicht salzige und eisenhaltige Blut auf ihrer Zunge. Ein warmer Tropfen lief aus ihrem Mundwinkel Richtung Kinn. Mit dem Handrücken wischte sie darüber und erschrak. Es war kein besonders realistisches Empfinden ihrer Zerstörungsfantasien. Sie hatte sich mit der Kraft all ihres Zorns auf die Zunge gebissen.

Schnell lief Merit ins Büro und nahm sich ein Taschentuch aus der kirschhölzernen Tissue-Box. Kira entfuhr ein leiser Aufschrei. „Igitt!" Sie verzog vor Ekel das Gesicht. „Was ist denn mit dir passiert? Du siehst aus wie ein Vampir."

Merit wollte gerade etwas Schnippisches antworten, da rumste es. Ohrenbetäubender Lärm und ein heftiger Ruck rissen die beiden Frauen aus ihrer luxuriösen Welt. Etwas Hartes schlug Merit auf den Kopf. Das Letzte, was sie sah, waren Kiras braune Augen, angstgeweitet und von einem kreidebleichen Teint umrahmt, der nun nichts mehr mit Perfektion zu tun hatte. Der Anblick verschwamm vor ihren Augen und verlor sich in einem stummen Schwarz.

www.editing-expertise.de

Wir begleiten Autoren.